Wang Zengqi

Selected Works

《汪曾祺别集》编辑委员会

顾问：汪　明　汪　朝
主编：汪　朗
编委：苏　北　龙　冬　顾建平　徐　强
　　　陶庆梅　杨　早　凌云岚　王树兴
　　　宋丽丽　汪　卉　齐　方　李建新

汪曾祺别集

汪 朗 主编

拟故事集

李建新 编

浙江文艺出版社

作者,摄于二十世纪九十年代初期

一九八七年,作者在美国参加爱荷华国际写作计划

古剑兄：

  坚浮来信均收到。且岸之所到，赐去给南阳陶田诗写译一本。我小时候刻过南章，久已生疏，腕弱无能执刀。且辞刻刀二三年之纪，因此刻南事之邻不能应承。近如偶留暑林缘画针揉刀或者为之一二耳。但近年于黄河诗耳，北京为月已甚少写，香港挺有仍模范。营署施对之三册并一手方面为步仙，像中同之处收到陆贸。

即候近安！

  迟言祺   四月廿七日

作者致古剑书信

子。"——"你怎么知道?"张大跟于是把他怎么强轧,怎么路过秋桥畔,怎么在豆花棚上看到一个樟柳神,樟柳神怎么怎么说的,一五一十,说了个备细。

"你有樟柳神?"
"有。"
"呈上来!"

县太爷把樟柳神放在轿子里的扶手板上,樟柳神直眼他点头招手,笑嘻嘻的。

"樟柳神问我了,来,赏他——你叫什么?"
"张大眼。"
"赏张大眼一千铜钱。"
"班老爷,樟柳神坐在斗笠里呆着。"
"那成,我让他呆在我的红缨大帽里。——起轿!"
"嗻!"

王老爷得了樟柳神,心想,这可好了,我以后审案子,不管多么疑难,只要问他,是非曲直,一断便知,我一向有精明徐,从今以后,清如水,明如镜,这锦绣前程么,是铁拿把拟的了。

于是每次升堂,都在大帽里戴着樟柳神,不想樟柳神一声不言语。

王老爷退堂,问樟柳神:
"你怎么不说话?"
樟柳神说:
"老爷去审案,按律来公断,问我樟柳神,要你做什么?"
"吃饭?"

当县官的,最关心的是官场的浮沉升降,乃至变法维新,国家大事,王老爷对自己的进退行止,拿不定主意,就请问樟柳神。樟柳神说:

"大事我了然,就是不说破,问我为什么,我也怕老鼠。"
"你是谁,你还怕老鼠?"
"嗷你说的!神就不怕怒鼠?神有神的难处。"

樟柳神倒也不闲着,随时向王老爷报一些事。
一早起来,
"清早起来客漫涎,黑下了个白鸡派。"
到了前半晌,
"黄牛角,

水牛角,
牛打架,
角碰角。"

到快中午了,说:
"一个面铺闹冲南,
一个老头吃半斤,
三个老头吃斤半。"

到了夜晚,王老爷丽得不得了,揭下了大帽,歪章在桌上,迷迷糊糊着了。听见樟柳神在大帽里又说又唱:

"嘟嘟嘟,咴咴咴,
老鼠来偷油,
乒乓乒乓——噗,
哎哟!"

王老爷一激灵,醒了。
"乒乓响吗?"
"摆不了,跟追老鼠。"
"嗯?"
"猫追老鼠,遁到了油瓶。——嘿!"
"咳嚣!"
"老鼠拖了。"

樟柳神老是在王老爷耳根底下说这些少盐缺醋的废话,没完没了,弄得王老爷实在烦得不行,就从大帽下面把他捉出来,抨到窗外。

不想,一会儿就又听到帽子底下一趑一趑地跳。老爷掀开大帽。

"你怎么又回来啦?"
"请神容易送神难。"
"你是不是要跟着我一辈子?"
"那没准。"

附 记

宣鼎,亨夜鹤,安徽天长人,生活于同光间,曾在我的故乡高邮住过,在北市口开一家书铺,鬻贵画,我的朋友曾收得他的一幅嵩山《夜雨秋灯录》是他的未竟的笔记小说,也许因为他是高邮湖那里的文人,又在高邮住过,所以高邮人不少看重他的这本书。《夜雨秋灯录》的思想平庸,文笔也很陈腐,只有这篇《樟柳神》却颇不寻。樟柳神所刻的小曲尤其清新有情趣,于是想起把这篇东西用语体文改写一遍。前面一部分基本上是按原文翻译,结尾则以已意续行,这样的改变可能使意思过于浅露,为

《樟柳神》作者手校本

出版说明

二〇二〇年是作家汪曾祺先生诞辰一百周年。为纪念汪先生，我们编选了这套《汪曾祺别集》。

汪曾祺的老师沈从文先生辞世后，家属借岳麓书社提议出版沈先生作品的机会，与吉首大学沈从文研究室合作，编选了一套二十册袖珍本集子，并根据汪曾祺先生的建议，定名为《沈从文别集》。这套选本款式朴素大方，编选方面的特别处在于，除了旧作，每本书前面增加了一些杂感、日记、检查、书信，以帮助读者更全面地理解作者和他的作品。

《汪曾祺别集》即参照《沈从文别集》的体例，从目前所见的汪曾祺全部作品中精选出二十册小书，在纪念汪先生的同时，向沈先生致敬。

本书大致依体裁、主题分集，希望在编辑、校订方面尽可能精审，遵循的基本原则如下：

一、以初版本或作者改订本为底本，参校以初刊本，作者手稿、手校本。不论所据底本为何种形式，全书统一为简体横排，标点符号统一为新式标点。

二、底本误植处，据校本或上下文可明确推断所误为何，由编者径改；底本与他本相抵牾而无法判断者一仍其旧。

三、可见作者习惯的异体字不做改动；通假字，侧重记音的方言用字，象声词，及外国人名、地名译法，仍存旧貌；意义完全相同的同一字，及同一人、地、物名，在同一篇内保持一致。

四、在早期作品中，作者习惯使用或现代文学创作中尚不规范的"的"、"地"、"得"、"做"、"作"、"那"、"哪"等词用法，不强做规范处理。

五、全书中的数字，除特殊情况外，统一为中文数字形式。

六、题注、收信人简介以仿宋体排于篇首页页下。正文中作者原注和编者注均以脚注形式标在当页。作者原注排为宋体；编者所做的必要注释以"编者注"字样标出，排为仿宋体。

七、独立成段的引文统一使用仿宋体，另行起排，段首缩进两字。

八、每篇文章的题注以脚注形式标在篇首页，排为仿宋体。所注信息包括初次发表时间、报刊名（初刊），初版图书名（初收）等。涉及的初版图书包括以下版本：

《邂逅集》，文化生活出版社一九四九年四月版；

《羊舍的夜晚》，中国少年儿童出版社一九六三年一月版；

《汪曾祺短篇小说选》，北京出版社一九八二年二月版；

《晚饭花集》，人民文学出版社一九八五年三月版；

《汪曾祺自选集》，漓江出版社一九八七年十月版；

《晚翠文谈》，浙江文艺出版社一九八八年三月版；

《茱萸集》，联合文学出版社一九八八年九月版；

《蒲桥集》，作家出版社一九八九年三月版；

《旅食集》，广东旅游出版社一九九二年四月版；

《世界历史名人画传·释迦牟尼》，江苏教育出版社一九九二年七月版；

《汪曾祺小品》，中国人民大学出版社一九九二年十月版；

《中国当代作家选集丛书·汪曾祺》，人民文学出版社一九九二年十二月版；

《汪曾祺散文随笔选集》，沈阳出版社一九九三年六月版；

《菰蒲深处》，浙江文艺出版社一九九三年六月版；

《榆树村杂记》，中国华侨出版社一九九三年九月版；

《草花集》，成都出版社一九九三年九月版；

《汪曾祺文集》（五卷），江苏文艺出版社一九九三年九月版；

《塔上随笔》，群众出版社一九九三年十一月版；

《中国当代名人随笔·汪曾祺卷》，陕西人民出版社一九九三年十二月版；

《矮纸集》，长江文艺出版社一九九六年三月版；

《逝水》，中国青年出版社一九九六年三月版；

《独坐小品》，宁夏人民出版社一九九六年十一月版；

《去年属马》，北京燕山出版社一九九七年八月版；

《中国当代才子书·汪曾祺卷》，长江文艺出版社一九九七年九月版；

《汪曾祺全集》（八卷），北京师范大学出版社一九九八年八月版；

《汪曾祺全集》（十二卷），人民文学出版社二〇一九年一月版。

题注中只列上述书名，不另标注出版时间和出版社名；

《汪曾祺全集》以"北师大版"和"人民文学版"作为区分。

虽已竭尽全力，本书仍可能存在各种问题，期待读者诸君批评指谬。

《汪曾祺别集》编辑委员会
二〇一九年十二月六日

总　序

别集，本来是汪曾祺为老师沈从文的一套书趸摸出的名字，如今用到了他的作品集上。这大概是老头儿生前没想到的。

沈先生的夫人张兆和在《沈从文别集》总序中说："从文生前，曾有过这样愿望，想把自己的作品好好选一下，印一套袖珍本小册子。不在于如何精美漂亮，不在于如何豪华考究，只要字迹清楚，款式朴素大方，看起来舒服。本子小，便于收藏携带，尤其便于翻阅。"这番话，用来描述《汪曾祺别集》的出版宗旨，也十分合适。简单轻便，宜于阅读，是这套书想要达到的目的。当然，最好还能精致一点。

这套书既然叫别集，似乎总得找出点有"别"于"他集"的地方。想来想去，此书之"别"大约有三：

一是文字总量有点儿不上不下。这套书计划出二十本，约二百万字。比起市面上常见的汪曾祺作品选集，字数要多出不少，收录文章数量自然也多，而且小说、散文、文学评论、剧本、书信等各种体裁作品全有，可以比较全面地反映他的创作风格。若是和人民文学出版社新近出版的《汪曾祺全集》相比，《别集》字数又要少许多。《全集》有十二卷，约四百万字，是《别集》的两倍，还收录了许多老头儿未曾结集出版的文章。不过，《全集》因为收文要全，也有不利之处，就是一些文章的内容有重复，特别是老头儿谈文学创作体会的文章。汪曾祺本不是文艺理论家，但出名之后经常要四处瞎白话儿，车轱辘话来回说，最后都收进了《全集》。这也是没办法的事情。《别集》则可以对文章进行筛选，内容会更精当些。就像一篮子菜，择去一部分，品质总归会好一点儿。

二是编排有点儿不伦不类。这套书在每一本的最前面，大都要刊登老头儿几篇与本书有点儿关联的文章，有书信，有序跋，还有他被打成右派的"罪证"和下放劳动时写的思想汇报。在正文之前添加这些"零碎儿"，可以让读者从多个角度了解汪曾祺其文其人。这种方式算不得独创，《沈从文别集》就是这么编排的，只是一般书很少这么做。也算是一别吧。

再有一点,是编者有点儿良莠不齐。这套书的主持者,以五十岁左右的中年人居多,他们大都对汪曾祺的作品有着深入了解,也编过他的作品集。有的当年常和老头儿一起喝酒聊天,把家里存的好酒都喝得差不多了;有的是专攻现当代文学的博士;有的被评为"第一汪迷";有的参加过《汪曾祺全集》的编辑;有的对他的戏剧创作有专门研究……这些人能够聚在一起编《汪曾祺别集》,质量当然有保证。其中也有跟着混的,北京话叫"塔儿哄",就是汪曾祺的孙女和外孙女。她们对老头儿的作品虽然有所了解,但是独立编书还差点儿火候。好在大事都有专家把控,她们挂个名,跟着敲敲边鼓,不至于影响《别集》的质量。

这套《汪曾祺别集》是好是坏,还要读者说了算。

汪 朗

二〇一九年十月二十五日

目 录

书信选

致施松卿 一九八七年九月四日 ——— 1

致施松卿 一九八七年九月十二日 ——— 4

致施松卿 一九八七年九月二十、

二十一、二十二日 ——— 6

致施松卿 一九八七年十月七、

十二、十三、十六日 ——— 10

致施松卿 一九八七年十月二十日 ——— 16

致施松卿 一九八七年十月二十五、

二十六、二十七日 ——— 21

致施松卿　一九八七年十一月十五、
　　　　　十六、十七日 —— 28
致施松卿　一九八七年十一月二十二日 —— 35
致施松卿　一九八七年十一月二十四、
　　　　　二十五日 —— 39
致古剑　一九八八年五月三十日 —— 45
致古剑　一九八八年七月八日 —— 46
致黄裳　一九九一年一月二十八日 —— 47

民间故事选
鲁班故事三篇 —— 49
牛郎织女 —— 56

小说选
拟故事两篇 —— 64
公冶长 —— 71

《聊斋》新义 —— 73
陆判
　——《聊斋》新义 —— 99

双灯

——《聊斋》新义 —— 106

画壁

——《聊斋》新义 —— 110

《聊斋》新义两篇 —— 115

新笔记小说三篇 —— 126

虎二题

——《聊斋》新义 —— 139

释迦牟尼 —— 149

附录

《聊斋志异》原文 —— 221

瑞云　黄英　促织　石清虚　陆判　双灯　画壁　佟客
凤阳士人　郭安　牛飞　赵城虎　向杲

《夜雨秋灯录》原文 —— 251

樟柳神

一条若隐若现的支流 ———— 李建新　254

致施松卿[1]　一九八七年九月四日

松卿：

上次的信超重了，贴了两份邮票。美国邮资国内二十二分，国外四十四分，一律是航空，无平信。

我们九月份的安排，除了开幕的Party，看两次节目，每天有人教英语（我不参加），有五个节目的座谈（每个题目座谈约三次）。聂华苓希望我们参加两个题目："我的创作生涯"和"美国印象"。"创作生涯"我不想照稿子讲，只想讲一个问题："作家的社会责任感"。昨天这里中国学生会的会长（他在这里读博士）来看我，我和他把大体内容说了说，他认为很好。"美国印象"座谈时间较靠后，等看看再准备。

我们在这里生活很方便，Program派了一个中国留学生（他本已在北京国际关系学院任教）赵成才照顾我们，兼当翻译。他是Program的雇用人员。

每星期四由"计划"派车送我们去购买食物。开车的是台湾人，普通话讲得很好。他对我和古华的印象很好，对赵成才说，想不到这样大的作家，一点架子都没有！这里有一个Eagle食品商店，什么都有。蔬菜极新鲜。只是葱蒜皆缺

---

[1] 施松卿（一九一八——一九九八），福建长乐人。作者夫人。新华社对外部特稿组高级记者。

辣味。肉类收拾得很干净,不贵。猪肉不香,鸡蛋炒着吃也不香。鸡据说怎么做也不好吃。我不信。我想做一次香酥鸡请留学生们尝尝。南朝鲜人的铺子里的确什么佐料都有,"生抽王"、镇江醋、花椒、大料都有。甚至还有四川豆瓣酱和酱豆腐(都是台湾出的)。豆腐比国内的好,白、细、嫩而不易碎。豆腐也是外国的好,真是怪事!

今天有几个留学生请我们吃饭,包饺子。他们都不会做菜,要请我掌勺。他们想吃鱼香肉丝,那好办。不过美国猪肉太瘦,一点肥的都没有。猪肉馅据说有带15%肥的。我嘱咐他们包饺子一定要有一点肥的。

我大概免不了要到聂华苓家做一次饭,她已经约请了我。

昨天我已经做了两顿饭,一顿面条(美国的挂面很好),一顿米饭——炒荷兰豆、豆腐汤,以后是我做菜,古华洗菜,洗碗。

我们十一月开头的两个星期将到纽约、华盛顿去旅行。最好是住在朋友家。纽约我准备住金介甫家,今早已写信预先通知他(美国人一般都在一个月前把生活计划好,不像中国人过一天算一天)。明天准备写信给李又安、陈宁萍、张充和。王浩的地址我没有带来,你打电话给朱德熙,让他尽快给我寄一个来。杨振宁、李政道我不准备去麻烦他们了,不过，寄来他们的地址也好。到美国旅行，一般都是住在人家家里。旅馆太贵。

聂华苓问古华：汪老准备在这里写什么？古华告诉她我听了邵燕祥的话，不准备写大东西。聂说：其实是有时间写的。那我就多写几篇《〈聊斋〉新义》吧。

聂华苓的一个女儿年底要和李欧梵结婚。李欧梵我在上海金山会议上和他认识。我让他到 Mayflower 来自己选一张画。他在芝加哥大学，会请我和古华去演讲一次。聂华苓将把 Program 的作家名单寄给一些大学，由他们挑选去演讲的人。美国演讲的报酬是相当高的。

我们的生活费分几次给。昨天已给了每人一千美元的支票，在银行开了户头。

我的地址在 Mayflower 后最好加一个 Resident。

曾祺
九月四日

致施松卿　一九八七年九月十二日

松卿：

你们都好吗？我这两天不那么想家了。大概身在异国，没有不想家的。给我们当翻译的访问学者赵成才来了七个月了，我问他："想家吗？"他说："想！"

我的硝酸甘油丢了。大概丢在从东京到芝加哥的飞机上。我把药瓶放在夹克口袋里，大概溜出来了。你能不能在信封里寄几片来？我以为这里可以买到，赵成才到药店去问了，药倒是有，但是美国买药必须有医生处方。而到医院，又必须作严格检查，才开药。算了！聂华苓说安格尔有个熟识的医生，看看他能不能开个药方，不过可能性不大。我想一次在信封里寄几片，不会被检查出来。实在寄不到，也没有关系，我想不致心绞痛。再说我还有三种防治心脏病的药。

我在这里生活很有规律，每天十一点钟睡觉，早上六点起。刚到几天，半夜里老是醒，这两天好了。今天一觉睡到大天亮，舒服极了。

这里可以写东西。我昨天已经把《聊斋》的《黄英》写好了。古华很厉害，写了一个短篇，还写了长篇的第一章。今天起我就要开始酝酿写《促织》。

我们存款的银行要请一次客,聂华苓想要有所表示,安格尔出主意,让她跟我要一张画,请所有作家签名,我说当然可以。我让作家们就签在画上,他们说这张画很好,舍不得,就都签在绢边上。

昨天我们到海明威农场参观,一家人有几千亩地,主要种玉米。玉米随收随即在地里脱粒,然后就运进谷仓,只要两个人就行了。一家能请三十多位作家喝酒、吃饭。海明威夫妇到过中国:北京、沈阳、广州……海明威夫人说北京是很美的城市。我抱了她一下。她胖得像一座小山。

参观了大学图书馆,看不出名堂。借书不像邵燕祥说的那样简单。聂华苓说她有很多中文书,要看,可以去拿。我们可以看到好几份中文报纸,包括《人民日报》海外版。都是聂送来的。

聂看了我的三份讲稿,她说"我的创作生涯"可以在这里讲。"文化传统……"可以到耶鲁这样的大学去讲。京剧可以给外国人讲,中国人听起来意思不大。

过些天我们要到林肯的故乡去,住一夜。除了看看那地方,主要是看几场球赛。

曾祺
九月十二日早晨

致施松卿 一九八七年九月二十、二十一、二十二日

松卿：

赵成才把《纽约时报》杂志写的关于我的专访译出来给我看了。我看没有什么问题。这一栏的题目是"中国对文化界的镇压"，他们当然会从这个角度来写。其中引用了我的一句话，纯属捏造。但是关系也不大。管他的！我对文艺和政治的意见，自有别的谈话和文章可为佐证。《华侨日报》转载了我和林斤澜的谈话，对我很有利。

我写完了《蛐蛐》，今天开始写《石清虚》。这是一篇很有哲理性的小说。估计后天可以写完。我觉得改写《聊斋》是一件很有意义的工作，这给中国当代创作开辟了一个天地。

硝酸甘油如不好寄，不必担忧。今天有一个学医的湖南访问学者来看我们，他说，没问题，可以找一个相熟的医生开个处方，两三天即可买到送来。很便宜。

我在这里画了几张画，挺好的。台湾的蒋勋建议我和他开一个小型展览会，因为这里学美术的还不懂中国的水墨。我想也可以。

我很好。身体情况的自我感觉比在北京还要好。

二十日夜书

自　序

我曾在一篇谈我的作品的小文中说过：我的作品不是，也不可能是中国当代文学的主流。我觉得这样说是合乎实际的，不是谦虚。"主流"是什么？我说不清楚，也不想说。我只是想：我悄悄地写，读者悄悄地看，就完了。我不想把自己搞得很响亮。这是真话。

我年轻时曾受过西方的、现代主义文学的影响。但是我已经六十七岁了。我经历过生活中的酸甜苦辣，春夏秋冬，我从云层回到地面。我现在的文学主张是：回到民族传统，回到现实主义。

一位公社书记曾对我说：有一天，他要主持一个会，收拾一下会场。发现会议桌的塑料台布上有一些用圆珠笔写的字。昨天开过大队书记的会。这些字迹是两位大队书记写的。他们对面坐着，一人写一句。这位公社书记细看了一下，原来这两位大队书记写的是我的小说《受戒》里明海和小英子的对话。他们能一字不差地默写出来。这件事使我很感动。我想：写作是件严肃的事。我的作品到底能在精神上给读者一些什么呢？

我想给读者一点心灵上的滋润。杜甫有两句形容春雨的诗："随风潜入夜，润物细无声。"我希望我的小说能产生这样的作用。

一九八七年九月二十日于爱荷华

此短序请汪朝抄一下，寄给外文出版社。写信给我的是徐慎贵。

我昨天的讲话，翻译得不错，但有些地方闹了笑话。在谈到"空白"时，我说宋朝画家马远，构图往往只占一角，被称为"马一角"，翻译者译成"一只角的马"，美国工艺美术中有一只角的马，即中国的麒麟。

我和一些外国朋友竟然能用单词交谈，很有趣，我对安格尔说，语言不是人类交往的最大障碍，他说"yes！"刚才一位菲律宾和一位南朝鲜的作家到我屋里来，菲说他祖母是中国人，姓Kwong，我想是姓邝，南朝鲜作家能用汉字给我们翻译，不过他写的中文是文言文。

我已经写完了《蛐蛐》，很不错。明天要开始考虑写一点什么别的东西了。

台湾出我的小说，出了几个岔子。香港古剑要当我的代理人；昨天又接许达然从芝加哥来电话，说他可当我的代理人，且云新地出版社的负责人郭枫可把版税带到美国来。等郭枫到Iowa后，当面跟他谈吧，谁当代理人都可，但不能重了。

我问了一下赵成才，他说电动打字机这里有，他们的基金会就有一架。全新的要150$，二手货不知要多少钱，但二手货较少。他说纽约不一定比Iowa便宜。我让他留心留心，到十二月买。我想到香港也匆忙，且不一定有。你需要，150$就150$吧。

我过香港时，因未携带照相机之类，所以购物卡未退给我。他们说没有关系，由香港入境时再填一个即可。方方的电子琴当无问题。

卉卉听话，好极了。

我在此身体情况甚好，能吃能睡。

陈建功来信，说家里有事可打电话给他。

二十一日

《石清虚》已写完。

硝酸甘油已送来。

赵成才去看了电动打字机，有。两种。一种大一点的，一百六十几元，一种小一点的一百四十几元。我后天想去看看（后天要到亚洲中心参加招待会，卖打字机的铺子离那里很近）。

我在台湾出的小说集，几个人要当代理人。古剑来信说，"要乱套"。郭枫十月要到 Iowa 来，我和他当面谈吧。台湾作家黄凡劝我"卖断"，即一次把版税付清，以后再版多少次不管。大陆无版税制度，原来这玩意很复杂。

Program 十一月二十日即开欢送会，不少人想提前走。我也不一定耗到十二月中。看吧。我对到纽约、华盛顿兴趣不是很大，但大概还是会去的。金介甫来信，说他星期一和星期五有时间。美国大学开学了，他们都很忙。

曾祺
二十二日晨

致施松卿　一九八七年十月七、十二、十三、十六日

松卿：

我下月旅游行程已定，票都订好了（美国早一个月订票比临时买票要便宜得多）。如下：

十月三十一日离开爱荷华，在纽约住六天，然后乘火车至费城。在费城住五天。十一月十一日从费城到波士顿，十四日离波士顿经芝加哥回到爱荷华。

我在纽约住王浩家。费城住李又安家。波士顿哈佛大学会安排。一路都会有人接送，不致丢失，请放心。我在费城的宾州大学和哈佛都将作非正式的演讲，讲题一样：传统文化对中国当代文学创作的影响。

今天是中秋节，聂华苓邀我及其他客人家宴，菜甚可口，且有蒋勋母亲寄来的月饼。有极好的威士忌，我怕酒后失态，未能过瘾。美国人不过中秋，安格尔不解何为中秋，我不得不跟他解释，从嫦娥奔月、中国的三大节，中秋实是丰收节，直至八月十五杀鞑子……他还是不甚了了。月亮甚好，但大家都未开门一看。

按聂的建议，我和古华明晚将邀七八个作家到宿舍一聚，我正在煮茶叶蛋。

　　　　　　　　　　　中秋节夜一时

我们已经请了几个作家。茶叶蛋、拌扁豆、豆腐干、土豆片、花生米。他们很高兴，把我带来的一瓶泸州大曲、一瓶 Vodka 全部喝光，谈到十二点。聂建议我们还要请一次，名单由她拟定。到 Program 来，其实主要是交际交际，增加一点了解，真要深入地探讨什么问题，是不可能的。

昨天去听了一次新英格兰乐队的轻音乐，水平很低。聂、安、古、蒋勋休息时即退场。聂问我如何，我说像上海大减价的音乐，她大笑，说："你真是煞风景。"又说："很对，很对，很像！"

昨晚芬兰的 Risto 回请我和古华，说是 dinner，实际只有咖啡、芬兰饼（大概是荞麦做的），一瓶芬兰 Vodka。主要的菜倒是他请我做的茶叶蛋。闹半天，他是对我们作一次采访。他对中国很有兴趣，也颇了解，问了很多问题，文学、政治、哲学、心理学、书法……他的夫人是诗人，又是《芬兰晨报》的记者。我问今天的谈话，他们是否要整理发表。他们说：要。我想我们的谈话都没有问题，要发表就发表吧。

今天是安格尔的生日（七十九岁），晚上请大家去喝酒，谢绝礼物，但希望大家念念诗、唱歌、表演舞蹈。我给他写了一首诗："安寓堪安寓（他家的门上钉了一块铜牌，刻字两行，上面一行是 Engle，下面是中文的'安寓'），秋来万树红。此间何人住？天地一诗翁。此翁真健者，鹤发面如童。才思犹俊逸，步态不龙钟。心闲如静水，无事亦匆匆；弯腰拾山果，投食食浣熊。大笑时拍案，小饮自从容。何物同君寿？南山顶上松。"安的女儿蓝蓝昨天到这里看了，说把她爸爸的神态都写出来了。

我带来的画少了，不够分配。宣纸也不够用。

我决定把《〈聊斋〉新义》先在《华侨日报》发表一下。台湾来的黄凡希望我给台湾的《联合文学》，说是稿费很高，每一个字一角五分美金。但如在台湾发表，国内[大陆]就不好再发表。在美国发表，国内发，无此问题。《华侨日报》是左派报纸，也应该支持他们一下。人不能净为钱着想，也得考虑政治。我把这想法和赵成才商量了一下，他同意我的看法。十五日《华侨日报》的王渝和刘心武均到Iowa，我想当面和他们谈一谈。先跟心武说说。

古华想在Iowa待到十二月十五日，再到旧金山一带去。这样就得申请延长护照。我现在想从波士顿回到Iowa后，哪里也不去了。大峡谷，黄石公园，也就是那么回事。十一月十四日回到Iowa至十二月十五日，还有一个月，我可以写一点东西。继续改写《聊斋》。我带来的《聊斋》是选本，可改的没有了。聂那里估计有全本，我想能再写几篇可改的。另外也可以写写美国杂记。

十日到密苏里州汉尼堡城看了看马克·吐温的故乡。看了《汤姆·索亚历险记》的背景Cameron Cave。这个Cave和中国的山洞不一样，不是钟乳石的，是黄色的石头的，里面是一些曲曲折折的大裂缝。石头上有很多人刻的名字，美国人也有题"到此一游"之风。到处看看而已，没有多深的印象。密西西比河有一段很美。马克·吐温纪念馆里没有中国［大陆］译本（有一本台湾的），我要建议作协给纪念馆寄几本来。

十二日

昨天安格尔家的 Party 很热闹。Program 的成员都去了，还有不少别的客人。很好的香槟。好几位诗人读了给安和聂的诗。我也念了那首诗，用中文念，赵成才翻译。诗是写在一张宣纸横幅上的，安格尔自己举着，不时探出脑袋来做鬼脸。喀麦隆的一个作家打非洲鼓唱颂歌。南美西班牙语系（不同国家）的诗人弹吉他且歌且舞，很美。古华"打"了一支湖南山歌。聂非让我唱京剧不可，唱了两句大花脸。墨西哥诗人 Zavala 对赵说 Wang 是今天的 most。

我的讲话稿《我是一个中国人》和《作家的社会责任感》《华侨日报》决定发表。王渝明天来，将把稿费带来（先付）。台湾诗人蒋勋把他用古代传说写的小说给我看，想请我写一篇序。这个序可不好写，但不能推却。

十三日晨

王浩来了电话,说住在他家没有问题。他有点失望,以为我能在纽约住半个月,五天,太少了。他会到机场去接我。他要买戏票,请我们看戏。我说歌剧、舞剧、音乐会都行,不要买话剧。金介甫已作好接待我们的准备。有一个女记者要采访,金安排了一个 Party。

王渝已将发言稿稿费送来。我把小说四篇交给她了,约一万二千字,可以有 240$ 稿费。台湾的陈映真要来,我托王渝印几份,给他一份。我问刘心武要不要。他说他还不知道回去怎么样呢,可能申请辞职,因为编辑部乱得一塌糊涂,他这个主编没法当。吴祖光若无其事,谈笑风生,说是一场闹剧,已经收场。

画,都分完了。再有人要(老有人要),只好临时画。我在这里,安格尔把我介绍给别人时都说是:作家、画家。大学艺术系一女教授(韩国人;金属雕塑家)要请我上她家看她的藏画。

我现在不太想家了。

曾祺
十六日

致施松卿 一九八七年十月二十日

松卿:

十月十四日信昨(十九)日收到,相当快。美国邮局星期六、星期天不办公,赶上这两天,信走得就会慢些。

十八号"我为何写作"讨论会,我以为可以不发言,结果每个人都得讲。因为这次讲话是按中文姓氏笔划为序的,我排在第三名。幸亏会前稍想了一下,讲了这样一些。

……我为什么写作,因为我从小数学就不好(大笑)。

我读初中时,有一位老师希望我将来读建筑系,当建筑师,——因为我会画一点画。当建筑师要数学好,尤其是几何。这位老师花很大力气培养我学几何。结果是喟然长叹,说"阁下之几何,乃桐城派几何"(大笑)。几何要一步一步论证的,我的几何非常简练。

我曾经在一个小和尚庙里住过。在国内有十几个人问过我,当过和尚没有,因为他们看过《受戒》(这里的中国留学生很多人看过《受戒》)。我没有当过和尚。抗日战争时期,日本人打到了我们县旁边,我逃难到乡下,住在庙里。除了准备考大学的教科书之外,我只带了两本书,《沈从文选集》和《屠格涅夫选集》。我直到现在，还受这两个人的影响。

我年轻时受过西方现代主义的影响，写诗，很不好懂。在大学的路上，有两个同学在前面走。一个问："谁是汪曾祺？"另一个说："就是那个写别人不懂，他自己也不懂的诗的那个人。"（大笑）我今年已经六十七岁，经验了人生的酸甜苦辣、春夏秋冬，我不得不从云层降到地面。OK！（掌声）

这次讨论会开得很成功，多数发言都很精彩。聂华苓大为高兴。

陈映真老父亲（八十二岁）特地带了全家（夫人、女儿、女婿、外孙女）坐了近六个小时汽车来看看中国作家，听大家讲话。晚上映真的妹夫在燕京饭店请客。宴后映真的父亲讲了话，充满感情。吴祖光讲了话（他上次到Iowa曾见过映真的父亲），也充满感情。保罗·安格尔抱了映真的父亲，两位老人抱在一起，大家都很感动。我抱了映真的父亲，忍不住流下眼泪。后来又抱了映真，我们两人几乎出声地哭了。《中报》的女编辑曹又方亲了我的脸，并久久地攥着我的手。

宴后，聂华苓邀大家上她家喝酒聊天。又说、又唱。分别的时候，聂华苓抱着郑愁予的夫人还有一个叫蓝菱的女作家大哭。

第二天，聂华苓打电话给我，说她也不知道为什么会大哭，真是"百感交集"，不只是因为她明年退休，不管Program 的事了。我说：我到了这里真是好像变了一个人。我老伴写信来说我整个人开放了，突破了儒家的许多东西。她说："就是！就是！"我说：我好像一个坚果，脱了外面的硬壳。她说："你们在国内压抑得太久了。"她问我昨天是不是抱着映真和他的老父亲哭了，我说是。她说："你真是非常可爱。"

不知道为什么，女人都喜欢我。真是怪事。昨天董鼎山、曹又方还有《中报》的一个记者来吃饭（我给他们做了卤鸡蛋、拌芹菜、白菜丸子汤、水煮牛肉，水煮牛肉吃得他们赞不绝口），曹又方抱了我一下。聂华苓说："老中青三代女人都喜欢你。"

当然，我不致晕头转向。我会提醒我自己。

这样一些萍水相逢的人，却会表现出那么多的感情，真有些奇怪。国内搞了那么多的运动，把人跟人之间都搞得非常冷漠了。回国之后，我又会缩到硬壳里去的。

陈映真是很好的人。他们家移居台湾已经八代，可是"大陆意识"很强。他在台湾是左派，曾经入狱几次。我跟他很谈得来。他"做"了我一次采访，长谈了一个上午。写了一篇印象记。我看了，还不错。他要我的书，我把《晚饭花集》和手头仅有的一本短篇小说选送给他了。——你们从北京寄的书,《晚饭花集》很快就收到了,短篇小说选的那一包一直没到,很可能是寄丢了。真糟糕!他可能会从这两本书里选出一本,在台湾人间出版社出版。我问他会不会和新地出的重复,引起纠纷,他说不会,他会处理的。

我把那四篇《〈聊斋〉新义》给了陈映真一份,他会在他主编的《人间》上发表。如果带了原稿回大陆发表,就成了一稿三投,——[中国]台湾、美国、[中国]大陆。这种做法在国外毫不稀奇。

古华叫我再赶出十篇《聊斋》来,凑一本书交陈映真在台湾人间出版社出版。我不想这样干。我改编《聊斋》,是试验性的。这四篇是我考虑得比较成熟的,有我看法。赶写十篇,就是为写而写,为钱而写,质量肯定不会好。而且人也搞得太辛苦。我不能像古华那样干,他来Iowa已经写了十六万字,许多活动都不参加。

大陆来的作者,祖光、阿城都表现不错。阿城,大家都喜欢,他公开讲话确是很短。比如"我为何写作",他只说"我写作只是为了满足我自己",一句话。但是不像国内传说的,说阿城讲话过短,故作高深状,使听众很不满。不是的。聂华苓很喜欢他,台湾作者很喜欢他,女作家尤其喜欢他。台湾作家,陈映真、蒋勋,都落落大方。

Program 是个很好的组织。安格尔是个好诗人。我们在保险公司午宴会上，公司的老板说安格尔是文学的巨人。聂华苓接替他（安仍是顾问）作为领导人，二十年了，真不简单。我在电话里跟华苓说：你不是用你的组织才能，用理想来组织 Program，而是"感情用事"，你是用感情把世界上的作家弄到一起来的。她说："Ya！ Ya！"明年，她将退休。Program 也许还会延续，但不会是这样了。至少不会对中国作家这样了。古华对她说："我们赶上了末班车"，他说了一句聪明话。我感到 Program 可能会中断的。因为听说大学和Program 矛盾很深，因为 Program 的名声搞得比爱荷华大学还要大。这类事，美国、中国，都一样。

我去不去旧金山，未定。我要办在香港多停留的签证，要三个星期。现在不能办，因为到芝加哥、纽约最好带护照，等到我回 Iowa 再办。我十一月十四日回 Iowa，等办好签证，留下的时间就不多了。看吧，来得及，改机票不困难，也许会到陈宁萍家住一下，然后从旧金山出境。

德熙说我在美国很红，可能是巫宁坤的外甥女王渝写信告诉他的。王渝说她写信给巫宁坤，说"汪曾祺比你精彩！"她说那天舞会，我的迪斯科跳得最好，大家公认。天！

今天下午华苓为陈映真饯行，邀请少数人，我今天大概不会哭。

明天我将赴芝加哥,二十五日回。

曾祺
十月二十日

致施松卿　一九八七年十月二十五、二十六、二十七日

松卿:

我刚从芝加哥回来,有点累。

我们几个中国作家二十一日先到芝加哥(大队二十三日到),李欧梵请与芝大的中国学生作一次座谈。座谈不限题目。吴祖光谈得较多,我讲得很短。题目倒是很大:我为什么到六十岁以后写小说较多,并且写成这个样子。实际上是讲了一点样板戏的情况,"主题先行"怎么逼得剧作者胡说八道,结尾时才归到题目:搞了十年样板戏,痛苦不堪,"四人帮"一倒,我决定再也不受别人的指使写作,我愿意写什么就写什么,想怎么写就怎么写。

看了西尔斯塔,世界最高的建筑,一百零三层。没有上去,在次高建筑九十六层上喝了一杯威士忌。芝加哥在下

面，灯火辉煌。看了半天，还是——灯火辉煌。

和蒋勋看了艺术博物馆，很棒。这几天正在举行一个后期印象派的特展，有些画是从别处借来的。看了梵·高的原作，才真觉得他了不起。他的画复制出来全无原来的效果，因为他每一笔用的油彩都是凸出的。高更的画可以复制，因为他用彩是平的。有很多莫奈的画。他的睡莲真像是可以摘下来的。有名的《稻草堆》，六幅画同一内容，只是用不同的光表现从清早到黄昏。看了米勒的《晚祷》，真美。有不少毕加索的原作。有一幅他的新古典主义时期的画，《母与子》，很大，好懂。也有一些他后期的"五官挪位"的怪画。这个博物馆值得连续看一个月。可惜我们只能看两小时。

前天上午，六个中国留学生开车陪我和祖光去逛了逛。看了一个很奇怪的教堂。这个教叫Bahai，创始人是伊朗的Baha。这个教不排斥任何教，以为他们所信的上帝高于一切，耶稣、释迦牟尼、穆罕默德都是此上帝派出的使者。教义很简单，无经书，只有几句格言，如："你们都是同一棵树上结的果子"……。没有祈祷、礼拜。信教的人坐在椅子上，想你所想的。教徒也就叫Bahai，乐于助人。任何人遇到困难，只要说一声"Bahai"，就会有教徒帮你。这个教可以入，——入教也并无仪式。教堂是个很高的白色建筑，顶圆而微光，处处都是镂空的，很好看。

我们又开车经过黑人区,真是又脏又旧。黑人都无所事事,吃救济。我们竟然在黑人区的小饭馆吃了一餐肯塔基炸鸡。

昨天晚上,唐人街的一个中药店百理堂的老板请我和祖光去参加一个Party。这位老板名叫陈海韶,是个画家。我们原来有点嘀咕,不知此人是何路道。去了一看,放心了。此人的画不错,是岭南派,赵少昂的学生。他约来的是芝加哥华人艺术家中的佼佼者,有些是有些名气的。吃了小笼包子、锅贴。会后,他又请祖光和我到九十六层楼上喝了饮料。这一晚过得不错。祖光和我应他之邀,各写了一张字。

今天归途中经过海明威的家乡。有两所房子,一处是海明威出生的地方,一处是海明威开始写作的地方。两处都没有明显的标志,只是各有一块斜面的短碣,刻了简单的说明。两处房子里现在都住着人家,也不能进去看看。芝加哥似乎不大重视海明威,倒是有一个叫Wright的名建筑师自己设计的房屋很出名。这所住房的结构的确很特别,但是进去看看要收四美元,大多数人都不舍得。在海明威的房屋前照了几张相,希望能照好。

我的右眼发炎,红了,但问题不大。钟晓阳给了我一点药,说是很好的消炎药。吃了药,洗洗,我要睡了。

二十五日晚

二十一号晚上,芝加哥领事馆请我们吃饭,在湖南饭馆,菜甚好,黄凡要喝茅台,李昂要喝花雕,大概花了领馆不少钱。与领事认识,有方便处。文化领事王新民说以后由芝加哥出境时,他将帮我去办手续,送我们上飞机。

我如在香港停留,将重办英国的签证。因为看了原来的签证,有效日期只到九月二日。来是来得及的。等我十一月十四日回到 Iowa,就办这件事。

二十五日晚

吃了钟晓阳给我的药,睡了一大觉,眼睛基本上好了。我原来有点担心,因为我的右眼曾得过角膜炎,怕它复发了。结果不是。我的感觉也不一样。角膜炎会不断感到"磨"得慌。现在看来已无问题。聂华苓很关心,她说实在不行上医院。Iowa 医院挂号费即要 70$。已经好了,不必花这笔钱了。

在芝加哥还有一位美国老板老费(他让我们叫他老费)请了一次客。他想拍中国的电影。他是通过张蕾(《红楼梦》电视剧演秦可卿的)和我们认识的。张蕾在芝加哥留学。这孩子很聪明。

我到耶鲁、哈佛等处演讲的题目除了《传统文化对中国当代文学的影响》外，还想讲一次《中国作家的语言意识》。有机会，讲一次京剧，讲的时候可能要唱几句。

旧金山大概不去了。

聂华苓有《聊斋》。十一月十四日以后，我大概就会在Iowa写《〈聊斋〉新义》。不急于出版。如果写够一本书，可寄到香港由古剑转给陈映真。

我们的归期不能改。十二月十五日必须离开Iowa，否则机票作废。到香港逗留几天，即可回家了。我出国时间已经超过一半了，回家在望矣。

刚才接王浩电话，到纽约安排已定。十月三十一日到纽约，由一个美国诗人开车来接我们（王浩自当同来）。十一月一日金介甫带我们出去逛。星期一（十一月二日），郑愁予把我们拉到纽海芬（王浩说我们也可以乘火车去），当天下午四点和七点在耶鲁和另一大学演讲（一天讲完，也好）。星期二、三，王浩请我们去美国最大的歌剧院去看歌剧及听音乐会（贝多芬第七交响乐）。王渝要带我们去看光屁股舞剧。王浩说郑愁予非常欣赏我的Taste，王浩说："哎呀，真是欣赏！"我在耶鲁也许会讲京剧。两处都会有一点报酬，郑愁予说不会多。古华说，挣一点零花钱。

我回国会带相当数目的美金。不能放在托运行李里（张贤亮的行李全部丢了），也不能放在手提包里（李子云在芝加哥被抢，手提包里的现金、护照、机票全被抢走）。赵成才说，他会给我缝在内裤里，好。

今天下午，我们作了一次讲座，对象是 Iowa 大学的文科高年级学生及研究生。我讲的是"作家的社会责任感"。讲完，提问。一个女生说：她不是提问题，只是想表示 Wang 的讲话给她很大启发，很新鲜，而且充满智慧。Wa！

十月二十六日

这个女生是个左撇子，记笔记很认真，长得不好看，但有一种深思的表情，这在美国女生里很少见。Mayflower 住了很多大学生，女生好像比男生还多。她们大都穿了很肥大的毛线衫，劳动布裤子，运动鞋。不少女生光着脚到处走。前些时天暖和，甚至有人光脚在大街上走。她们穿着不讲究，怎么舒服怎么来。脸上总是很满足，很平淡的样子，没有忧虑，也不卖弄风情。我在 Iowa 街上只看到过一个女的把头发两边剃光，留着当中一条，染成淡紫色。美国大学生不用功，只有考试前玩几天命，其余时间都是玩。他们都是些大孩子。

明天会开给我们旅行支票，下个月的生活补助的支票。我们旅行花不了多少钱，大概靠讲课费就够了。

十一月的最后一个星期六是美国的鬼节，据说很热闹，大家都画了脸或戴面具。如果让我画，我就画一个张飞！过了鬼节，就等着过圣诞节了。

Iowa 的秋天很好看。到处都是红叶。市政当局有意栽各种到秋天树叶变红的树。一天一个颜色。这两天树叶落了。据说到冬天都是光秃秃的。

漓江出版社有没有问我买多少书（自选集）？我想这回多买一点，精装的一百，平装的二百五十。

我的小说选还没寄到，大概是丢了。

曾祺

十月二十七日上午

致施松卿 一九八七年十一月十五、十六、十七日

松卿：

我又回来了。Mayflower 是我们的家。蒋勋、李昂、黄凡都回来了。他们都说"回家了"。说在外面总有一种不安定感。昨天下午到的。在自己的澡盆里洗了澡，睡在自己的床上。今天早上用自己的煤气灶煮了开水，沏了茶，吃了自己做的加了辣椒酱的挂面，真舒服。我要写一篇散文：《回家》。虽然 Mayflower 只是一个 Residence Hall。

我旅行了半个月。路线是 Iowa city—芝加哥—纽约—纽海芬—费城—华盛顿—马里兰—费城—波士顿—芝加哥—Iowa city。

一路接待都很好，接，送。否则是很麻烦的。芝加哥、纽约、波士顿的机场都非常复杂，自己找，很难找到。纽约住王浩家，费城住李克、李又安家，马里兰住在马里兰大学的宾馆里，波士顿是住在一个叫刘年玲的女作家（即木令耆）家。回芝加哥是打电话请芝加哥领事（管文化的）王新民接我的。最后一站由西达碧瑞斯机场到 Iowa city 是赵成才请一留学生开车去接我的。

在纽约，头一天（三十一号）休息。第二天，金介甫夫

妇开车带我们去看了世界贸易中心,即号称"摩天大楼"者。这是两幢完全一样的大楼,有一百多层,全部是不锈钢和玻璃的。这样四四方方,直上直下的建筑,也真是美。芝加哥的西尔斯塔比它高,但颜色是黑的,外形也不好看,不如世界贸易中心。看了唐人街、哥伦比亚大学。一号下午即被郑愁予(台湾诗人,在耶鲁教书)拉到纽海芬,住在他家。两天后回纽约。当晚在林肯中心世界最大的歌剧院看了歌剧《曼侬》。歌剧票价很贵,这个歌剧最高票价95$。王浩买的是40$的,二楼。这个歌剧院是现代派的,外表看起来并不富丽堂皇,但是一切都非常讲究。四号白天《中报》的曹又方带我和古华到"炮台公园"去看了看自由女神(我们在世界贸易中心已经看过一次)。远远地看而已。要就近看,得坐船(自由女神在一小岛上),来回得两个小时。不值得。就近看,也就是那么回事。四号晚上听了一个音乐会,很好。前面是瓦格纳的一首曲子,当中是贝多芬的第七交响乐,最后一个我没有记住(说明书不知塞到哪里去了),但曲子我很熟,演奏非常和谐。五号本来王渝要请我们看一个裸体舞剧,剧名是意大利语,我记不住,意思是"好美的屄"。这个剧是美国最初的裸体舞剧,已经演了十几年,以后的裸体舞剧都比不上它。但王渝找不到人陪我们去。王浩没有兴趣(从王浩家到曼哈顿要走很远的路),我们也累,于是休息了一天。

我和王浩四十一年没有见了,但一见还认得出来。他现在是美国的名教授(在美国和杨振宁、李政道属于一个等级)。他家房间颇多,但是乱得一塌胡涂,陈幼名不在。但据刘年玲说,她要在,会更乱。这样倒好,不受拘束。王浩现在抽烟,喝酒。我给他写的字、画的画(他上次回国时托德熙要的),挂在客厅里。

李克、李又安是很好的美国人。他们家的房子是老式的,已经有一百多年历史,干净得不得了。因此我每天都把床"做"得整整齐齐的。他们的生活是美国人里很有秩序的。每天起得较早,七点多钟就起来(美国人都是晚睡晚起的),八点半吃早饭。李克抽 Pipe,我于是也抽 Pipe(王浩把他两个很好的旧烟斗送给了我,——我到纽约本想买两个 Pipe)。李又安得了肺癌,声音都变得尖细而弱了。她原计划今年到中国,因为身体不好,未成行。她想明年到中国去,我看够呛。她精神还好,唯易疲倦。她好像看得不那么严重。你给德熙打电话时,告诉他李又安得了癌。

Maryland 大学请我去的是余教授,她是教现代中国文学的。到 Maryland 的晚上,她请客,开门迎接时说:"我是余珍珠。"我以为是余教授的女儿。此教授长得不但年轻,而且非常漂亮。是香港人,英语、国语、广东话都说得非常地道。我演讲时她当翻译，反应极敏锐，翻得又快又好。李又安说她曾在联合国当过翻译，有经验。

费城没有什么好玩的。有一个独立厅，外面看看，建筑无奇特处，只是有纪念意义而已。因为下大雨，我们只在车里看了看。李克说里面就是一间空房子。到宾州大学博物馆看了看，"昭陵六骏"的两骏原来在这里！李克说他曾建议还给中国，博物馆的馆长不同意，说："这要还给中国，那应当还的就太多了！"晚上看了看馆藏东亚美术画册，有一张南宋的画，标题是 fishingman on the river，我告诉李克，这不是打鱼，而是罱泥。李克在第二天我的演讲会上做介绍时特别提到这件事，以示"该人"很渊博。

华盛顿是非看不可的，但是正如那位娇小玲珑的余教授所说：不看想看看，看看也不过如此。去看了"大草坪"，一边是国会大厦，一边是林肯纪念碑。林肯纪念碑极高，可以登上去（内有电梯），但是候登的人太多，无此雅兴也。倒是航天博物馆开了眼界。阿波罗号原来是那么小的一个玩意（是原件），登月机看来很简单，只有一辆吉普那么大，轮子是钢的，带齿。看了现代艺术博物馆。毕加索已经成了古典了，展品大都看不懂。有一张大画，是整瓶的油画颜色挤上去的，无构图，无具象，光怪陆离。门口有一大雕塑，只是三个大钢片，但能不停地摆动。美国艺术已经和物理学、力学混为一体。看了白宫,不大。美国人不叫它什么"宫",只是叫"白房子",是白的。据说里面有很多房间,每星期一—五上午十点~十二点可以进去参观。我们到时已是下午,未看。

波士顿据说是很美的,我看不出来。主要是有一条查尔士河,把许多房子都隔在两岸,有点仙境。刘年玲带我们去看了一个加勒夫人的博物馆。加勒是个暴发户,打不进波士顿的"四大世家"的交际界,于是独资从意大利买了一所古堡,原样地装置在波士顿。这是一所完全意大利式的建筑,可以吃饭,刘年玲说这里的沙拉很有名。我们都叫了沙拉,原来是很怪的调料拌的生菜。在国内,沙拉都有土豆,可是这种叫做"凯撒沙拉"的一粒土豆都没有,只有生菜!我对刘年玲说:我很怀疑吃下这一盘凯撒沙拉会不会变成马。去市博物馆看了看,很棒!宋徽宗摹张萱《捣练图》在那里。我万万没有想到颜色那么新,好像是昨天画出来的。中国的矿物颜色太棒了。我很想建议中国的文物局出一本"海外名迹图"。

在波士顿遇法国的一位 Annie 女士。此人即从法国由朱德熙的一位亲戚介绍,翻译我小说的人。她(和她的丈夫)本已购好到另一地方(我记不住外国地名)的飞机票,听说我来波士顿,特别延迟了行期。Annie 会说中文,甚能达意。

她很欣赏《受戒》、《晚饭花》,很想翻译。我说《受戒》很难翻,她说"可以翻"。她想把《受戒》、《晚饭花》及另一组小说(好像是《小说三篇》)作为一本。我说太薄了。她说"可以"。法国小说都不太厚。Annie 很可爱。一个外国人能欣赏我的作品,说"很美",我很感谢她。她为我推迟了行期,可惜我们只谈了半个钟点还不到。Annie 很漂亮。我说我们不在法国,不在中国相见,而在美国相见,真是"有缘"。

我在东部一共作了五次演讲。在耶鲁、哈佛、宾大讲的是中国文学的语言问题,或中国作家的语言意识,或我对文学语言的一点看法,在三一学院和 Maryland 讲的是《传统文化对中国当代文学的影响》。在三一学院讲得不成功,因为是照稿子讲的,很呆板。听的又全不懂中文。当翻译的系主任说英文稿翻得很好,是很好的英文,问是谁翻译的,我说是我老伴,他说:"你应该带她来。"同样的内容,在 Maryland 讲得就很成功。这次应余教授的要求,还讲了一点样板戏的创作情况。

我在 Iowa city 没有什么事了。二十号要讲一次美国印象。二十四号要到衣阿华州的西北大学演讲一次,我想还是讲语言问题,——我对语言有自己的见解,语言的内容性、文化性、暗示性、流动性,别人都没有讲过。我在哈佛讲,有一个讲比较文学的女教授,说听了我的演讲可以想很多东西。

十五日~十六日

《文艺报》的副主编陈丹晨来了。国内文艺形势大好，《文艺报》全班不动（我在国内听说要改组的）。昨天晚上华苓请丹晨，我带了二十个茶叶蛋去，在她家做了一个水煮牛肉。

过香港停留的签证昨天已经办了。（还是办一下好，你说过境可以停留一星期不可靠，万一不能停留怎么办？）手续费很贵，38$。我如要提早回来是可以的，但我想还是住满了。而且过香港的签证是十二月十六日开始。

我的讲话《中国文学的语言问题》，《中报》要发表，明后天我要写出来（讲的时候连提纲都没有）。今天没有时间。《聊斋》已发表。王渝在电话里告诉我稿费请古华带来。

你要买什么，开一个清单寄来，不要三心二意，一会要买，一会又不要，我搞不清楚。——单独写在一张小纸上，不要在信里和别的话夹在一起说。

美国的天气很怪。到波士顿，夜里下了大雪。美国下雪，说下就下，不像国内要"酿雪"——憋几天。说停也就停了。下雪，很冷。刘年玲的丈夫说爱荷华要比波士顿低

10℃，结果我到了爱荷华十分暖和，比我走时还暖，穿一件背心、夹克就行了。我到华苓家吃饭穿的是那件豆沙色的西服。不过昨天下了雨，夜里又冷了。

丹晨和老赵一会来吃饭，我得准备一下。

曾祺

十七日上午

致施松卿　一九八七年十一月二十二日

松卿：

你要的《莎士比亚全集》买到了。一厚册。三十七个戏剧和诗都在内。旧书店有两种，一种7.5$，一种4.5$，我买到前一种，因为字体稍大，纸张也好。这种书可遇而不可求。香港买，也不一定便宜。这会对你有用的。同时又买了一本《世界诗选》，这是一本总集体的世界诗选，是分类选的，如田园诗，爱情诗……老赵说这本书很好。也是7.5$。《文学辞典》没有。老赵和我到旧书店的地下室看了半天，也没有。

今天下午我们去参加"美国印象座谈会"。我讲了三点小事:林肯的鼻子是可以摸的;野鸭子是候鸟吗;夜光"马杆"。会后好几位女士都来摸我的鼻子(因为我说了谁的鼻子都可以摸,没有人的鼻子是神圣的)。聂华苓说:"你讲得真棒!最棒!"我每次座谈都是挺棒的。

刚才我下去(我们住八楼)去看有没有信。那位墨西哥作家(即欣赏我的眼睛和脸的)说我的讲话像果戈里的故事。他太文雅了,讲话没有我那样泼辣。——他所以说我的讲话像果戈里的故事,是因为果戈里写过一篇《鼻子》的短篇小说。

买了一顶毛线帽子,旧的,0.75$。回来洗洗,挺好。我原想买一顶新的,没有看到合适的。行了,这顶帽子一直可以戴到北京。除了告别宴会,不会有什么正式场合。参加宴会时把帽子塞到风衣或羽绒服口袋里就得了。

美国就要过感恩节了。有两起美国人请古华和我吃饭。我得问问人,要不要带点礼物。

汪卉的画很好。她已经会写"卉"字了。我回来后要给她买一盒颜色,一个调色碟,几枝毛笔,一卷纸,让她画大一点的。她好像有画画的才能。

小仉给我打电话来,瞎聊了一气。她到美国好像娇了一点了。她说这两天要给你写信。她在那里很累。英语写作班有一百五十人,两个人改卷子。美国学生英文又错得一塌糊涂。她想家,天天在算日子。

Iowa大学授予我一个荣誉研究员(Honorary Fellow in Writing)的头衔,我不知这有什么用。证书我留着,带回来看看。反正我也不会嵌在镜框里,把头衔印在名片上。

这里可买的东西我斟量着买,到香港要买的东西务必单在一张纸上开一个清单。我十二月十五日离Iowa,十七日中午到香港,在香港停四五天,即回北京。到香港后我会打电话回来,告诉你们航班号。我会同时给京剧院打个电话请院里派车接我一下。京剧院是否已搬到自新路去了?

我不想去西部了。Program十一月二十九日告别Party。只剩下半个月了,又跑出去折腾一下干什么?大冬天旅行,究竟不方便。住在人家,也不自在。——住在王浩家、李克家是自在的。我游兴不浓,因为匆匆忙忙,什么也看不到。我连纽约、华盛顿、波士顿的大概方位都不清楚,只是坐在汽车里由别人告诉这里是什么,那里是什么。我印象最深的是梵高、毕加索、宋徽宗的画。感恩节到二十九日大概都坐不住,以后半个月我要写一点东西,《聊斋》、散文。

明天我和古华要到Iowa州的西北大学去演讲。我们都不想去,经费少,要坐"灰狗"(长途公共汽车),走三个小时,累死人。学生程度也不知怎样。我还是讲语言问题。

这几天大概要吃火鸡。美国的感恩节都吃火鸡。移民来到美国，发现美国土地如此肥沃，充满感谢，于是就有一个Thanksgiving的节。火鸡遍地跑，于是大家吃火鸡。火鸡不怎么好吃。大多是整只的烤的。

有四个外国作家来信，说保罗和聂华苓为Program工作了二十年，现在退休了，他们建议将Iowa大学的一所建筑以他们的名字命名，请同意者签名，我已经签了。我给华苓和Minita都写了一封感谢信。给华苓的写得很感伤。中文原底会带回来给你们看看（英文的请老赵翻译）。

与王渝通了电话，《聊斋》已发了两篇，还有两篇待发。她让古华带了35$给我，我问她是怎么回事，这算是什么标准？她说她那天在书店里，身上只有那么多钱，不是全部稿费。我叫她把那两篇在我走之前发，稿费也在我走之前寄来。

生了暖气，太干，今天我把暖气关了。北京多少度（这里用华氏，我老是算不过来）？我想我的衣服在这里够了。我还没有穿尼龙裤，还有一件较厚的毛衣，一件羽绒衣，够了。

小仉问汪朝"怎么样"了，没有什么消息吧？

曾祺
十一月二十二日

致施松卿 一九八七年十一月二十四、二十五日

松卿：

我给聂华苓的信，原说是请赵成才翻译一下。赵下午从我处取走，中午即将中文稿交给聂。华苓在两点钟（我还没有睡醒）给我来电话，说这封信她将永远保存。原信如下：

亲爱的华苓：

感谢你。

你和保罗·安格尔创立了迄今为止世界上独一无二的伟大的、美好的事业——国际写作计划。

你向全世界招手，请各国作家到这座安静、清雅的小城 Iowa city 来，促膝长叙，杯酒论文，交换他们的经验、体会和他们的心。所有的作家都觉得别人很可爱，并觉得自己比平日更可爱。这是受了你和保罗的影响，因为你们很可爱。

作为一个中国作家，我本来是相当拘束的。我像一枚包在硬壳里的坚果。到了这里，我的硬壳裂开了。我变得感情奔放，并且好像也聪明一点了。这也是你们的影响所致。因为你们是那样感情奔放，那样聪明。谢谢

你们。

你是个容易感情冲动的人。因此你才创立了这样一个罗曼蒂克的事业。这种冲动持续了二十年,伟大的,美丽的冲动。

你和保罗即将退休,但是你们栽种的这棵大橡树将会一直存在下去,每到秋天,挂满了绚丽缤纷的叶子,红的,黄的,褐色的……

谢谢你们!

> 汪曾祺
> 十一月二十四日

(原信个别词句可能有少许出入,此是就回忆追写。此信为便于翻译,是用英文句法写的。)

这是一封告别信,也是感恩节的信。后天聂的女儿蓝蓝请我们到聂家去过感恩节,估计聂又会提到这封信。她说她要翻给保罗听。

你也替我把这封信保存一下。我要写一篇关于 IWP 的散文或报告文学,要引用这封信。我跟华苓说我要正式采访她一下,她同意。坚持了二十年,不容易。这篇文章的题目可能是《聂华苓哭了》。Program 继任者是谁,还不知道。现在是一个叫 Frad 的人代理一年。此人是大学的副教务长，人很好，但名望远不及安格尔，因此向人募集基金就有困难。聂已经向一个基金会筹集了一笔钱，每年两万四千美元，专供大陆作家（包括翻译费）用。聂对中国很关心，许多洋作家说她对中国作家偏心。她说过去就有这样的反映，"那有什么办法！"党和政府对于海外华人的"赤子之心"远远了解不够。台湾现在很拉她，Program 在台已有分会。咱们大陆对此等事老是很迟钝，拖拖拉拉。她明年要到台湾主持"华文作家讨论会"，大陆请她随后即来北京，不好么？后天我问清她何时去台湾，将给友梅写一封信。

二十四日

陈若曦来电话，说我送她的画和《晚饭花集》均收到（是托李昂带去的），她说对《晚》集"喜欢得不得了"（她说她全看了），但她没有坚决要求我去西部，所以我不想去西部了。十一月二十九日～十二月十五日，只半个月，我何苦去奔波一趟。我想就在 Iowa city 休息两星期，写写信，顶多写点散文，算了。《聊斋》续篇恐在此也难写，我得想想。你叫汪朗或汪朝给我买一套《聊斋》的全本。我带来的是一选本，只选了著名的几篇，而这些"名篇"（如《小翠》、《婴宁》、《娇娜》、《青凤》) 是无法改写的，即放不进我的思想。我想从一些不为人注意的篇章改写。你原来买过的《铸雪斋抄本》被我带到剧院，已不全。而且影印的字体看了也不舒服。你让汪朗或汪朝买排印本，且价廉的。我想改写《聊斋》凑够十多篇即交台湾出版。

《寂寞与温暖》销得不错。十月—十一月已售一千册。——台湾一版两千册。

古剑要求我把评论集和散文集在台湾出版事宜授权给他，我已同意。让他得 2% 的好处也无所谓。我答应将《晚饭花集》授权施叔青。反正在国外 [外面] 就是这样，交情是交情，钱是钱。像林斤澜那样和浙江洽商《晚翠文谈》，门也没有。

Program 让我们推荐将来参加的作家，我准备提林斤澜和贾平凹。但他二人身体均不好，贾平凹又拙于言词，也很麻烦。作家最好能说会道。去年燕祥在此，即留给人印象不深，因为他太谦抑了。倒是阿城，魅力至今不衰。女人对他尤为倾倒。魅力最大的是刘宾雁，他在美国，几乎成了基督。这是应该的。

美国人对中国所知甚少。我在讲《林肯的鼻子》时说我回国后也许会摸摸邓小平的鼻子，一部分人大笑，另一部分人则木然，因为他们不知道邓小平是谁。及至聂华苓解释，邓是中国实际上的最高领导人,他们才"哄"然一下大笑。我在北方爱荷华大学演讲,谈到"四人帮"时期的创作方法:"三结合","三突出","主题先行",他们觉得这太不可思议了。不过,还是听懂了。一个教中国现代文学的教授说,我原来讲"四人帮"时期的文学,他们都莫名其妙;你一讲,他们明白了。——我原来想讲语言问题,经和客座教授交换意见,认为那太深,临时改题:"'文化大革命'期间我们是如何创作的"。这样讲了半小时,效果甚好。

二十四日

爱荷华的树叶全落了,露出深黑色的树干。草也枯黄了。我在这里还有整二十天。很奇怪,竟然有点依依不舍的感情。

明天感恩节,应该送点礼物。蓝蓝的,我留一张画给她(是她自己挑的)。给聂华苓什么呢?黄凡送了我一个水晶玻璃的盒子,用来转送别人,不合适。茶叶还有,但她家里茶叶有的是。忽然想起,可以送她两枝毛笔。装在一个锦盒里,还像样。我这二十天里不会再画画,也没有纸了。要画,还有两枝用过的笔。——这两枝是没有用过的。笔,我回来再买就是了。

已写信给梁清濂，问她剧院能否派车接我，让她回信寄至古剑处。

《一捧雪》后来不知演出过没有？我对这个戏比较满意，证明我的试验是成功的，小改而大动，这给戏曲革新提供了一个例证。演员也好。

我回去将给艺术室讲一次美国见闻。我曾经给出国的人提过意见：你们出了一趟国，回来也不给大家讲点什么呀？作法自毙。不过只是聊聊而已，用不着准备。我不会做大报告。

在美国报纸上看到沈公奇迹般的痊愈了，是吗？你打电话给张兆和问问看。我在耶鲁未见张充和，因为她已去敦煌。

我回去大概得办离休了。

收到此信，即复一信，估计还能收到。这是你寄到 Iowa city 的最后一封信了。有什么话，扼要地说说。

我要回来了，很兴奋！

曾祺

十一月二十五日

致古剑[1] 一九八八年五月三十日

古剑兄:

我已见到李锡奇先生,你托他带来六百五十美元及《寂寞与温暖》两册均妥收,请释念。

三友出版社要出我的散文,我很高兴。但散文在大陆销路不佳,香港恐怕也差不多,我怕你们会赔钱的。这里的作家出版社要出我的散文集,早有成约。我最近正在编这本书。他们要求我在六月二十日以前编好,年底出书。这样,把原件寄给你,就办不到了。影印的确费时又费钱。你们如果能等到年底,则我可以重编一下,从容一点,还可收入一些未成书的新作。你看这样好不好?如果你们要得急,则我可尽量搜集一些原件寄来,因为不齐全,字数可能较少。我还是倾向于年底向你们交稿。尊意如何,盼示。

我年轻时写的信都已散失,给黄裳的信是他偶然保留的,无可奉寄。

年轻作家写散(文)较多且较好的有一个贾平凹,他已编了一本散文自选集给广西漓江出版社,你们如愿出,我可

---

[1] 古剑,一九三九年生,原名辜健,祖籍福建泉州,生于马来亚。一九六一年毕业于华东师范大学中文系,一九七四年至香港,历任《新报》、《东方日报》、《华侨日报》副刊编辑,《良友画报》、《文学世纪》主编。

代为联系。宗璞（冯友兰的女儿）散文写得不错。有个女作家韩霭丽近年亦写散文颇多。我可写信问问她们有无在港出书兴趣。

即候　著安！

汪曾祺　顿首　五月三十日

我近来写了一些应酬文章（如纪念某人创作生活多少年之类的发言），正经作品不多。《人民文学》发表了四篇《〈聊斋〉新义》。沈从文先生逝世后写了两篇悼念文章，一篇已在《人民日报》及海外版发表，另一篇将发《人民文学》。

致古剑　一九八八年七月八日

古剑兄：

六月三十日信昨（七月七日）始收到。

散文集稿已交作家出版社，抄一份目录给你看看。你所谓"我们希望不要重复太多"，是什么意思？"而且一定要有新作"，除非在那本散文集之外，我再写一些。我最近在写《〈聊斋〉新义》，得过一阵才能写散文。

《晚翠文谈》另封寄上一本。

我无散文新作,寄一篇旧作《葡萄月令》给你,看能交"博益"塞责否。(随《晚翠文谈》同寄)

我如有新写的散文,即当寄上。

要林斤澜小说事,我当在电话里告诉他。

施叔青七月初来北京,你有什么事可托她带口信来。

匆匆,即候文安!

         曾祺 七月八日

作家出版社的《桥边集》说是年底出书,但大陆出版社出书照例是要拖延的。此书如有校样,当尽快寄你一份。

致黄裳[1] 一九九一年一月二十八日

黄裳兄:得三联书店赵丽雅同志信,说你托她在京觅购《蒲桥集》。这书我手里还有三五本,不日当挂号寄上。作家

---

[1] 黄裳(一九一九—二〇一二),原名容鼎昌,祖籍山东益都(今青州)。散文家、藏书家、高级记者。曾任《文汇报》记者、编辑、编委等职,在戏剧、新闻、出版领域均有建树。

出版社决定把这本书再版一次,三月份可出书。一本散文集,不到两年,即再版,亦是稀罕事。再版本加了一个后记,其余改动极少。你如对版本有兴趣,书出后当再奉寄一册。

徽班进京,热闹了一阵,我看解决不了什么问题。我一场也没有看。因为没有给我送票,我的住处离市区又远(在南郊,已属丰台区),故懒得看。在电视里看了几出,有些戏实在不叫个戏,如《定军山》、《阳平关》。

岁尾年初,瞎忙一气。一是给几个青年作家写序,成了写序专家;二是被人强逼着写一本《释迦牟尼故事》,理由很奇怪,说是"他写过小和尚"!看了几本释迦牟尼的传,和《佛本行经》及《释迦谱》,毫无创作情绪,只是得到一点佛学的极浅的知识耳。自己想做的事(如写写散文小说)不能做,被人牵着鼻子走,真是无可奈何。即候春禧!

弟曾祺顿首 一月二十八日

鲁班故事三篇

赵 州 桥

赵州有两座石桥，一座在城南，一座在城西，城南的大石桥是鲁班修的，城西的小石桥是鲁班的妹妹鲁姜修的。

鲁班和他的妹妹周游天下，到了赵州。远远就看见赵州城黄澄澄的城墙了，走到近处，却见一条白茫茫的洨河拦住去路。河边上挤了很多人，籴谷的，卖草的，运盐的，贩枣的，往作坊里送棉花的，赶庙会卖布的，挑着担子，拉着毛驴，推着车子，一齐吵吵嚷嚷，争着要渡河进城。河水流得

---

* 初刊于《民间文学》一九五六年四月号，原标题为《鲁班故事十一篇》，包含此三篇，署名"曾芪整理"；初收于人民文学版《汪曾祺全集》第十一卷。

很急,只有两只小船摆来摆去,半天也渡不过几个人。有人等得不耐烦,就骂起来了。鲁班看了,就问:"你们怎么不在河上修座桥呢?"问了几个人,都说:"洨河十里宽,洇沙多又深,迎遍天下客,没有巧匠人。"鲁班和鲁姜看看河水地势,就发心给赵州人修两座桥。

鲁姜走到哪里总是听见人夸奖她哥哥多巧多能,心里很不服气,这回要跟鲁班赌赛一下,就说修桥两个人分开来修,一人修一座,看谁先修好。天黑开工,鸡叫天明收工,谁到鸡叫还完不成,就算输了。这么说好了,就分头准备起来。鲁班修城南的一座,鲁姜修城西的一座。

鲁姜到了城西,聚集聚集材料,急急忙忙就动手。才半夜工夫,就把桥修好了。她心想这回一定把哥哥比下去了,倒要看看哥哥这会做到个什么样子,就偷偷跑到城南来。谁知到了那里,河还是河,水还是水,连个桥影子都没有,鲁班也不在河边,不知道跑到哪里去了。她正在纳闷,远远看见南边太行山上下来一个人,赶着一大群绵羊,窜窜跳跳往这边来了。走到近处,一看,那人正是她哥哥,他赶的哪里是一群羊啊,赶的是一块一块雪白细润的石头。鲁姜一看这些石头,心里就凉了。这是多好的石头啊,这要造起一座桥来该多结实,多好看啊,拿自己修的桥跟它比,哪比得过啊!她想,一定要有两手盖过他的,念头一转,就急忙回到城西，在桥栏杆上细细地刻起花来。刻了一会，桥栏杆都刻遍了，牛郎织女、丹凤朝阳，还有数不清的奇花异草……鲁姜看看，心里又得意起来。她沉不住气，又跑到城南来看鲁班。鲁班这时把桥也快修完了，只差桥头还有两块石头没有铺好，她一看，着了急，就尖起嗓子学了两声鸡叫。她这一叫，引得村前村后的鸡也都急急忙忙一齐叫唤起来。鲁班听见鸡叫，赶忙把两块石头往下一放，桥也算修成了。

这两座桥，一大一小。鲁班修的大刀阔斧，气势雄壮，叫做大石桥；鲁姜修的精雕细琢，玲珑秀气，叫小石桥。直到现在，赵州一带的姑娘挑枕头绣花鞋的时候，母亲们还说："去吧！到西门外小石桥栏杆上抄几个好花样来！"

赵州一夜修起了大石桥，修的还说不出有多么结实，多么好看，第二天，这事就轰动了远近各州城府县，连住在蓬莱岛上的八洞神仙也都听到了消息。神仙里张果老是个好事的人，听说有这件事，就牵上他的乌云盖顶的毛驴，驴背上褡裢里，左面装了日头，右边装了月亮；又邀上柴王，推上金瓦银把的独轮车，车上载着四大名山，游游荡荡，就来到了赵州。到了桥边，张果老高声问道："这桥是谁修的呀？"鲁班正在桥边察看桥栏桥洞，听见有人问，就回答："这桥是我修的，怎么啦？有什么不好吗？"张果老指指毛驴小车，说："我们过桥，它吃得住吗？"鲁班一听，哈哈大笑，说：

"大骡子大马只管过,还在乎这一头毛驴、一驾车?不妨事,走你的!"张果老、柴王爷微微一笑,推车赶驴上桥。他们才上去,桥就直晃晃,眼看要坍;鲁班一看不好,连忙跑到桥下双手把桥托住,这才把桥保住。桥身桥基经过这一压,不但没有损坏,倒更加牢实了;只是南边桥头被压得向西扭了一丈多远。所以,直到现在,赵州桥上还有七八个驴蹄印子,那是张果老留的;三尺多长一道车沟,那是柴王爷推车压出来的;桥底下还有鲁班的两个手印。早年间卖年画的时候,还有鲁班爷托桥的画卖呢。

张果老过了桥,回头看看鲁班,说:"可惜了你这双眼睛呦!"鲁班觉得有眼不识人,越想越惭愧,便把自己一只眼睛用手挖了,放在桥边,悄悄地走了。后来马玉儿打从赵州桥路过,看见了,就把眼睛拾起来,安在自己额上。鲁班是木匠的祖师爷,所以现在木匠做活,到平准调线的时候也都用一只眼睛。而后人塑马王爷的像,就给塑了个三只眼。

鲁班给赵州人造了大石桥,后代的人感念不忘,直到现在,放牛的孩子还在唱:

赵州石桥什么人修?

什么人骑驴桥头过,压的桥头往西扭?

什么人推车桥上走,车轮子碾了一道沟?

赵州石桥鲁班修；

张果老骑驴桥头过，压的桥头往西扭；

柴王推车桥上走，车轮子碾了一道沟。

平水、徐德表、蒲洪杰、陈增康　搜集

锔大家伙

从前的老人说，白塔寺的白塔，镇着"海眼"，塔要是倒了，整个北京城都要变成一片苦海。

有一年，白塔寺的白塔裂了一道缝，这道缝越来越大，眼看着塔就要倒下来，人们都不敢走近塔前，怕塔倒下来砸住，只在每天早晚远远地站着看，不一会听见人轻轻地说："又大了！又大了！"

皇帝知道了这件事，就下令叫人修塔，要在十天之内修好，如果过期修不好，就把修塔的人全杀了。

一天过去了，两天过去了，谁也想不出个修塔的法子，塔上的口子老是裂着。

到第九天下晚，来了一个老头子，这老头子背着一个小箱子，在街上边走边喊："锔大家伙！锔大家伙！"

人们问他："你锔锅吗？"

老头子答："不锔，专锔大家伙！"

人们说："你锔瓮吗？"

老头子答："不锔，专锔大家伙！"

人们说："你锔缸吗？"

老头子答："不锔，专锔大家伙！"

这时有个人开玩笑似的指着那裂开的塔说："那倒是个大家伙，你能锔上吗？"

老头子看了塔一眼，说："能！"

那人说："那你就给锔上吧！"

老头子背了小箱子就向白塔走去，人们要拉他也来不及了，又不敢到塔跟前去，怕塔倒了砸住。等了一会，不见有什么动静，天也黑了，大家都散了。

这天夜里风雨交加，大家都很担心。第二天一看，白塔上的裂缝合上了，上面锔上了好些铁箍子，还箍了三个大铁箍。

人们说："这老头儿是鲁班爷啊！"

恨钟、何金鲸、亦心、金受申　记录

兜头敲他两下

鲁班师傅做了一个木人替他挑木匠家私。木人头上安着法销[1]。他在前面走,木人在后面跟着,不管到哪里都行。有一次鲁班师傅又到别处去做活,带着木人同去。走到半路上,木人头上的法销松了,走得慢了,赶不上鲁班师傅。鲁班师傅在前面走,越等越不见木人赶来,心里正着急,抬头看见对面来了一个行路的客人,就叫住那人,说:"大哥!大哥!拜托你一件事。你往那头走,要是看见一个挑担子的汉子,挑着一担木匠家私,请你把他挑篮里的斧头拿出来兜头敲他两下。"行路的客人说:"他是个人嘛,兜头敲两下还不敲死啦?"鲁班师傅说:"你不要管,他不会死。"这行路客人果然在路上遇见了一个挑木匠家私的人慢吞吞地走着,便照着鲁班师傅的吩咐,拿出斧头兜头敲了两下,只见那人一声也不出,提起腿来飞快地就跑了。不一会,木人就赶上了鲁班师傅。

(云南)

阮启成　搜集

---

[1] 器物中联接两部分的零件叫销头或销子。

牛郎织女

古时候有个孩子,爹妈都死了,跟着哥哥嫂子过日子。哥哥嫂子待他很不好。叫他吃剩饭,穿破衣裳,夜里在牛棚里睡,牛棚里没有床铺,他就睡在干草上。他每天放牛,那头牛跟他很亲密,用温和的眼睛看着他,有时候还伸出舌头舔舔他的手,怪有意思的。哥哥嫂子见着他总是待理不理的,仿佛他一在眼前,就满身不舒服。两下一比较,他也乐得跟牛一块儿出去,一块儿睡。

他没名字,人家见他放牛,就叫他牛郎。

牛郎照看那头牛挺周到。一来是牛跟他亲密;二来呢,他想,牛那么勤勤恳恳地干活,不好好照看它,怎么对得起它呢?他老是挑很好的草地,让牛吃又肥又嫩的青草,吃干

＊初收于《中国民间故事选粹》,湖南文艺出版社一九八六年版。

草的时候，筛得一点儿土也没有。牛渴了，他就牵着它到小溪的上游，让它喝干净的水。夏天天气热，就在树林里休息；冬天天气冷，就在山坡上晒太阳。他把牛身上刷得干干净净，不让有一点儿草叶土粒。到夏天，一把蒲扇不离手，把成群乱转的牛虻都赶跑了。牛棚也打扫得干干净净。在干干净净的地方住，牛也舒服，自己也舒服。

牛郎随口唱几支小曲儿，没人听他的，可牛晃晃脑袋，闭闭眼，好像听得挺有味儿。牛郎心里想什么，嘴里就说出来，没有人听他的，可是牛咧开嘴，笑嘻嘻的，好像明白他的意思。他常常把看见的听见的事告诉牛，有时候跟它商量一些事。牛好像全了解，虽然没说话，可是眉开眼笑的，他也就满意了。自然，有时候他还觉得美中不足，要是牛能说话，把了解的和想说的都一五一十地说出来那该多好呢。

一年一年过去，牛郎渐渐长大了。哥哥嫂子想独占父亲留下的家产，把他看成眼中钉。一天，哥哥把牛郎叫到跟前，装做很亲热的样子说："你如今长大了，也该成家立业了。老人家留下一点儿家产，咱们分了吧。一头牛，一辆车，都归你；别的归我。"

嫂子在旁边，三分像笑七分像发狠，说："我们挑顶有用的东西给你，你知道吗？你要知道好歹，赶紧离开这儿。"

牛郎听哥哥嫂子这么说，想了想，说："好，我这就走!"他想哥哥嫂子既然扔开他像泼出去的水,他又何必恋恋不舍呢?那辆车不稀罕,幸亏那头老牛归了他,亲密的伙伴还在一块儿,离开家不离开家有什么关系?

他就牵着老牛,拉着破车,头也不回,一直往前走,走出村子,走过树林,走到山峰重叠的地方。以后,他白天上山打柴,柴装满一车,就让老牛拉着,到市上去换粮食;夜晚就让老牛在车旁休息,自己睡在车上。过些日子,他在山前边盖一间草房,又在草房旁边开一块地,种些庄稼,就算安了家。一天晚上,他走进草房,忽然听见一声:"牛郎!"自从离开村子,他还没听见过这个声音。是谁叫他呢?回头一看,微弱的星光下边,原来是老牛,嘴一张一合的,正在说话。

老牛真会说话了。

牛郎并不觉得怎么奇怪,像是听惯了他说话似的,就转过身子去听。

老牛说的是下边的话:"明天黄昏时候,你得翻过右边那座山。山那边一片树林,树林前边有一个湖,那时候有些仙女正在湖里洗澡。她们的衣裳放在草地上。你要捡起那件粉红色的纱衣,跑到树林里等着,去跟你要衣裳的那个仙女就是你的妻子。这个好机会你可别错过了。"

"知道了。"牛郎高兴地回答。

第二天黄昏，牛郎翻过右边的那座山，穿过树林，走到湖边。湖面映着晚霞的余光，蓝紫色的波纹晃晃荡荡。他听见有女子的笑声，循着声音看，果然有好些个女子在湖里洗澡。他沿着湖边走，没走几步，就看见草地上放着好些衣裳。花花绿绿的，件件都那么漂亮。里头果然有一件粉红色的纱衣，他就拿起来，转身走进树林。

他静静地听着，一会儿，就听见女子们上岸的声音，听见一个说："不早了，咱们赶紧回去吧！咱们偷偷地到人间来，要是老人家知道了，不知道要怎么罚咱们呢！"过了一会儿，又听见一个说："怎么，你们都走啦？难得来一趟，自由自在地洗个澡，也不多玩一会儿。——哎呀！我的衣裳哪儿去了？谁瞧见我的衣裳啦？"

牛郎听到这儿，从树林里走出来，双手托着纱衣，说："姑娘，别着急，你的衣裳在这儿。"

姑娘穿上衣裳，一边梳她的长长的黑发，一边跟牛郎说话。牛郎把自己的情形都一五一十地说了。姑娘听得出了神，又同情他，又爱惜他，就把自己的情形也告诉了他。

原来姑娘是天上王母娘娘的外孙女，织得一手好彩锦，名字叫织女。天天早晨和傍晚，王母娘娘拿她织的彩锦装饰天空，那就是灿烂的云霞。王母娘娘需要的彩锦多，就叫织女成天成夜地织，一会儿也不许休息。织女身子老在机房

牛郎织女

里,手老在梭子上,劳累不用说,自由没有了,等于关在监狱里,实在难受。她常常想,人人都说天上好,天上好,天上有什么好呢?没有自由,又看不见什么。她总想离开天上,到人间去,哪怕是一天半天呢,也可以见识见识人间的景物。她把这个想头跟别的仙女说了。别的仙女也都说早有这种想法。那天上午,王母娘娘喝千年酿的葡萄酒,多喝了点儿,靠在宝座上直打瞌睡,看样子不见得马上就醒,仙女们见机会难得,就你拉我我拉你地蹓出来,一齐飞到人间。她们飞到湖边,看见湖水清得可爱,就跳下去洗澡,织女关在机房里太久了,能够在湖水里无拘无束地游泳,心里真痛快,想多玩一会儿,没想到就落在后边。

牛郎听完织女的话,就说:"姑娘,既然天上没什么好,你就不用回去了。你能干活,我也能干活,咱们两个结了婚,一块儿在人间过一辈子吧。"

织女想了想,说:"你说得很对,咱们结婚,一块儿过日子吧。"

他们俩手拉着手,穿过树林,翻过山头,回到草房。牛郎把老牛指给织女看,说它就是我从小到大相依为命的伴儿。织女拍拍老牛的脖子,用腮帮挨挨它的耳朵,算是跟它行见面礼。老牛眉开眼笑地朝她看,仿佛说:"正是这个新娘子。"

从此,牛郎在地里耕种,织女在家里纺织。有时候,织女也帮助牛郎干些地里的活。两个人你勤我俭,不怕劳累,日子过得挺美满。转眼间两三个年头过去,他们生了一个男孩,一个女孩。到孩子能说话的时候,晚上得空,织女就指着星星,给孩子讲些天上的故事。天上虽然富丽堂皇,可是没有自由,她不喜欢。她喜欢人间的生活,跟丈夫一块儿干活,她喜欢;逗着兄妹俩玩,她喜欢;看门前小溪的水活泼地流过去,她喜欢;听晓风晚风轻轻地吹过树林,她喜欢。两个孩子听她这么说,就偎在她怀里,叫一声妈妈,回过头来又叫一声爸爸。她乐极了,可是有时候也发愁。愁什么呢?她没告诉牛郎,她是怕外祖母知道她在这儿,会来找她。

一天,牛郎去喂牛,那头衰老的牛又说话了,眼眶里满是眼泪。它说:"我不能帮你们下地干活了!咱们分手了!我死了,你把我的皮留着。碰见什么紧急事,你就披上我的皮……"老牛没说完就死了。夫妻两个痛哭了一场,留下老牛的皮,把老牛的尸骨埋在草房后边的山坡上。

再说天上,仙女们蹓到人间洗澡的事到底让王母娘娘知道了。王母娘娘罚她们,把她们关在黑屋子里。她尤其恨织女,竟敢留在人间不回来,简直是有意败坏她的门风。她发誓要把织女捉回来,哪怕她藏在泰山底下的石缝里、大海中心的珊瑚礁上，也一定要抓回来，给她顶厉害的惩罚。

王母娘娘派了好些天兵天将到人间察访，察访了好久，才知道织女在牛郎家里，跟牛郎做了夫妻。一天，她亲自到牛郎家里，可巧牛郎在地里干活，她就一把抓住织女往外走。织女的男孩见那老太婆怒气冲冲地拉着妈妈走，就跑来拉住妈妈的衣裳。王母娘娘狠狠地将孩子推倒，就带着织女一齐飞起来。织女心里恨极了，望着两个可爱的儿女，一时说不出话来。只喊了一句"快去找爸爸"。

牛郎跟着男孩赶回家，只见梭子放在织了半截的布匹上，灶上的饭正冒热气，女孩坐在门前哭。他决定上天去追，把织女救回来。可是怎么能上天呢？他忽然想起老牛临死说的话，这不正是紧急事吗？他赶紧披上牛皮，找两个筐，一个筐里放一个孩子，挑起来就往外跑。一出屋门，他就飞起来了，耳朵旁边风呼呼地直响。飞了一会儿，望见妻子和老太婆了，他就喊"我来了"，两个孩子也连声叫妈妈。越飞越近，眼看要赶上了，王母娘娘拔下头上的玉簪儿往背后一划，糟了，牛郎的前边忽然出现一条天河。天河很宽，波浪很大，牛郎飞不过去了。

从此以后，牛郎在天河的这边，织女在天河的那边，只能远远地望着，不能住在一块儿了。他们就成了天河两边的牵牛星和织女星。织女受了很厉害的惩罚，可是不肯死心，一定要跟牛郎一块儿过日子。日久天长，王母娘娘也拗不过她，就允许她每年七月七日跟牛郎会一次面。

每年七月七日，成群的喜鹊在天河上边搭一座桥，让牛郎、织女在桥上会面。就因为这件事，所以人们说，每逢那一天，很少看见喜鹊，它们都往天河那儿搭桥去了。还有人说，那一天夜里，要是在葡萄架下边静静地听着，还可以听见牛郎、织女在桥上亲亲密密地说话呢。

搜集时间：一九五七年

拟故事两篇

螺蛳姑娘

有种田人,家境贫寒。上无父母,终鲜兄弟。薄田一丘,茅屋数椽。孤身一人,艰难度日。日出而作,春耕夏锄。日落回家,自任炊煮。身为男子,不善烧饭。冷灶湿柴,烟熏火燎。往往弄得满脸乌黑,如同灶王。有时怠惰,不愿举火,便以剩饭锅巴,用冷水泡泡,摘取野葱一把,辣椒五颗,稍蘸盐水,大口吞食。顷刻之间,便已果腹。虽然饭食粗粝,但是田野之中,不乏柔软和风,温暖阳光,风吹日晒,体魄健壮,精神充溢,如同牛犊马驹。竹床棉被,倒头便睡。无忧无虑,自得其乐。

---
* 初刊于《中国作家》一九八五年第四期,初收于《汪曾祺自选集》。

忽一日，作田既毕，临溪洗脚，见溪底石上，有一螺蛳，螺体硕大，异于常螺，壳有五色，晶莹可爱，怦然心动，如有所遇。便即携归，养于水缸之中。临睡之前，敲石取火，燃点松明，时往照视。心中欢喜，如得宝贝。

次日天明，青年男子，仍往田间作务。日之夕矣，牛羊下来。余霞散绮，落日熔金。此种田人，心念螺蛳，急忙回家。到家之后，俯视水缸：螺蛳犹在，五色晶莹。方拟升火煮饭，揭开锅盖，则见饭菜都已端整。米饭半锅，青菜一碗。此种田人，腹中饥饿，不暇细问，取箸便吃。热饭热菜，甘美异常。食毕之后，心生疑念：此等饭菜，何人所做？或是邻居媪婶，怜我孤苦，代为炊煮，便往称谢。邻居皆曰："我们不曾为你煮饭，何用谢为！"此种田人，疑惑不解。

又次日，青年男子，仍往作田。归家之后，又见饭菜端整。油煎豆腐，细嫩焦黄；酱姜一碟，香辣开胃。

又又次日，此种田人，日暮归来，启锁开门，即闻香气。揭锅觑视：米饭之外，兼有腊肉一碗，烧酒一壶。此种田人，饮酒吃肉，陶然醉饱。

心念：果是何人，为我做饭？以何缘由，作此善举？

复后一日，此种田人，提早收工，村中炊烟未起，即已抵达家门。轻手蹑足，于门缝外，向内窥视。见一姑娘，从螺壳中,冉冉而出。肤色微黑,眉目如画。草屋之中,顿生光辉。行动婀娜,柔若无骨。取水濯手,便欲做饭。此种田人,破门而入,三步两步,抢过螺壳;扑向姑娘,长跪不起。螺蛳姑娘,挣逃不脱,含羞弄带,允与成婚。种田人惧姑娘复入螺壳,乃将螺壳藏过。严封密裹,不令人知。

一年之后,螺蛳姑娘,产生一子,眉目酷肖母亲,聪慧异常。一家和美,幸福温馨,如同蜜罐。

唯此男人,初得温饱,不免骄惰。对待螺蛳姑娘,无复囊时敬重,稍生侮慢之心。有时入门放锄,大声喝唤:"打水洗脚!"凡百家务,垂手不管。唯知戏弄孩儿,打火吸烟。衣来伸手,饭来张口,俨然是一大爷。螺蛳姑娘,性情温淑,并不介意。

一日,此种田人,忽然想起,昔年螺壳,今尚在否?探身取视,晶莹如昔。遂以逗弄婴儿,以箸击壳而歌:

"丁丁丁,你妈是个螺蛳精!

橐橐橐,这是你妈的螺蛳壳!"

彼时螺蛳姑娘,方在炝锅炒菜,闻此歌声,怫然不悦,抢步入房,夺过螺壳,纵身跳入。倏忽之间,已无踪影。此种田人,悔恨无极。抱儿出门,四面呼喊。山风忽忽,流水潺潺,茫茫大野,迄无应声。

此种田人,既失娇妻,无心作务,田园荒芜,日渐穷困。神情呆滞,面色苍黑。人失所爱,易于速老。

一九八五年四月四日

仓老鼠和老鹰借粮

"仓老鼠和老鹰借粮,——守着的没有,飞着的倒有?"
——《红楼梦》

天长啦,夜短啦,耗子大爷起晚啦!

耗子大爷干嘛哪?耗子大爷穿套裤哪。

来了一个喜鹊,来跟仓老鼠借粮。

喜鹊和在门口玩耍的小老鼠说:

"小胖墩,回去告诉老胖墩:'有粮借两担,转过年来就归还。'"

小老鼠回去跟仓老鼠说:"有人借粮。"

"什么人?"

"花喜鹊,尾巴长,娶了媳妇忘了娘。"

"哦!喜鹊。他说什么?"

"小胖墩,回去告诉老胖墩:'有粮借两担,转过年来就归还。'"

"借给他两担!"

天长啦,夜短啦,耗子大爷起晚啦。
耗子大爷干嘛哪?耗子大爷梳胡子哪。
来了个乌鸦,来跟仓老鼠借粮。
乌鸦和在门口玩耍的小老鼠说:
"小尖嘴,回去告诉老尖嘴:'有粮借两担,转过年来就归还。'"
小老鼠回去跟仓老鼠说:"有人借粮。"
"什么人?"
"从南来个黑大汉,腰里别着两把扇。走一走,扇一扇,'阿弥陀佛好热的天!'"
"这是什么时候,扇扇?!"
"是乌鸦。"
"他说什么?"
"小尖嘴,回去告诉老尖嘴:'有粮借两担,转过年来就归还。'"
"借给他两担!"

天长啦,夜短啦,耗子大爷起晚啦!
耗子大爷干嘛哪?耗子大爷咕嘟咕嘟抽水烟哪。

来了个老鹰,来跟仓老鼠借粮。

老鹰和在门口玩耍的小老鼠说:

"小猫菜,回去告诉老猫菜:'有粮借两担,转过年来不定归还不归还!'"

小老鼠回去跟仓老鼠说:"有人借粮。"

"什么人?"

"钩鼻子,黄眼珠,看人斜着眼,说话尖声尖气。"

"是老鹰!——他说什么?"

"他说:'小猫菜回去告诉老猫菜——'"

"什么'小猫菜'、'老猫菜'!"

"——'有粮借两担'——"

"转过年来?"

"——'不定归还不归还!'"

"不借给他!——转来!"

"……"

"就说我没在家!"

小老鼠出去对老鹰说:

"我爹说他没在家!"

仓老鼠一想:这事完不了,老鹰还会来的。我得想个办法。有了!我跟他哭穷,我去跟他借粮去。

仓老鼠找到了老鹰，说：

"鹰大爷，鹰大爷！天长啦，夜短啦，盆光啦，瓮浅啦。有粮借两担，转过年来两担还四担！"

老鹰一听，气不打一处来：这可真是"仓老鼠跟老鹰借粮，守着的没有，飞着的倒有！"——"好，我借给你，你来！你来！"

仓老鼠往前走了两步。

老鹰一嘴就把仓老鼠叼住，一翅飞到树上，两口就把仓老鼠吞进了肚里。

老鹰问："你还跟我借粮不？"

仓老鼠在鹰肚子里连忙回答："不借了！不借了！不借了！"

一九八四年二月

公 冶 长

公冶长懂鸟语。

一天,几只乌鸦在树上对公冶长说:

"公冶长,公冶长,南山有个虎拖羊。你吃肉,我吃肠。"

公冶长到南山一看,果然有只虎拖羊,他把羊装在筐筐里拖了回去,给乌鸦什么也没有留下。

过了几天,乌鸦又对公冶长说:

"公冶长,公冶长,南山又有虎拖羊。你吃肉,我吃肠。"

公冶长赶到南山,什么也没有,树下躺着一具死尸。公

---

* 初刊于一九九五年八月七日《平顶山日报》,初收于北师大版《汪曾祺全集》第二卷。

冶长抽身想走，走出几个差人，把公冶长打了一顿。

公冶长无法分辩，也说不清楚，只好咬着牙挨打。这是一桩无头官司，既无"苦主"，也无见证。民不告，官不理，过了一阵，也就算过去了。公冶长白白挨了一顿打。从此公冶长再也不提他懂鸟语，他说：

"人话我都听不懂，懂得什么鸟语！"

《聊斋》新义

瑞　云

　　瑞云越长越好看了。初一十五，她到灵隐寺烧香，总有一些人盯着她傻看。她长得很白，姑娘媳妇偷偷向她的跟妈打听："她搽的是什么粉？"——"她不搽粉，天生的白嫩。"平常日子，街坊邻居也不大容易见到她，只听见她在小楼上跟师傅学吹箫，拍曲子，念诗。

　　瑞云过了十四，进十五了。按照院里的规矩，该接客了。养母蔡妈妈上楼来找瑞云。

　　＊初刊于《人民文学》一九八八年第三期，其中《瑞云》、《蛐蛐》初收于《中国当代作家选集丛书·汪曾祺》，《黄英》、《石清虚》初收于北师大版《汪曾祺全集》第二卷。

"姑娘,你大了。是花,都得开。该找一个人梳拢了。"

瑞云在行院中长大,哪有不明白的。她脸上微红了一阵,倒没有怎么太扭捏,爽爽快快地说:

"妈妈说的是。但求妈妈依我一件:钱,由妈妈定;人,要由我自己选。"

"你要选一个什么样的?"

"要一个有情的。"

"有钱的、有势的,好找。有情的,没有。"

"这是我一辈子头一回。哪怕跟这个人过一夜,也就心满意足了。以后,就顾不了许多了。"

蔡妈妈看看这棵摇钱树,寻思了一会,说:

"好。钱由我定,人由你选。不过得有个期限:一年。一年之内,由你。过了一年,由我!今天是三月十四。"

于是瑞云开门见客。

蔡妈妈定例:上楼小坐,十五两;见面贽礼不限。

王孙公子、达官贵人、富商巨贾,纷纷登门求见。瑞云一一接待。贽礼厚的,陪着下一局棋,或当场画一个小条幅、一把扇面。贽礼薄的,敬一杯香茶而已。这些狎客对瑞云各有品评。有的说是清水芙蓉,有的说是未放梨蕊,有的说是一块羊脂玉。一传十,十传百,瑞云身价渐高,成了杭州红极一时的名妓。

余杭贺生,素负才名。家道中落,二十未娶。偶然到西湖闲步,见一画舫,飘然而来。中有美人,低头吹箫。岸上游人,纷纷指点:"瑞云!瑞云!"贺生不觉注目。画舫已经远去,贺生还在痴立。回到寓所,茶饭无心。想了一夜,备了一份薄薄的贽礼,往瑞云院中求见。

原来以为瑞云阅人已多,一定不把他这寒酸当一回事。不想一见之后,瑞云款待得很殷勤。亲自涤器烹茶,问长问短。问余杭有什么山水,问他家里都有什么人,问他二十岁了为什么还不娶妻……语声柔细,眉目含情。有时默坐,若有所思。贺生觉得坐得太久了,应该知趣,起身将欲告辞。瑞云拉住他的手,说:"我送你一首诗。"诗曰:

> 何事求浆者,
>
> 蓝桥叩晓关。
>
> 有心寻玉杵,
>
> 端只在人间。

贺生得诗狂喜,还想再说点什么,小丫头来报:"客到!"贺生只好仓促别去。

贺生回寓,把诗展读了无数遍。才夹到一本书里,过一会,又抽出来看看。瑞云分明属意于我,可是玉杵向哪里去寻?

过一二日,实在忍不住,备了一份贽礼,又去看瑞云。

听见他的声音，瑞云揭开门帘，把他让进去，说：

"我以为你不来了。"

"想不来，还是来了！"

瑞云很高兴。虽然只见了两面，已经好像很熟了。山南海北，琴棋书画，无所不谈。瑞云从来没有和人说过那么多的话，贺生也很少说话说得这样聪明。不知不觉，炉内香灰堆积，帘外落花渐多。瑞云把座位移近贺生，悄悄地说：

"你能不能想一点办法，在我这里住一夜？"

贺生说："看你两回，于愿已足。肌肤之亲，何敢梦想！"

他知道瑞云和蔡妈妈有成约：人由自选，价由母定。

瑞云说："娶我，我知道你没这个能力。我只是想把女儿身子交给你。以后你再也不来了，山南海北，我老想着你，这也不行么？"

贺生摇头。

两个再没有话了，眼对眼看着。

楼下蔡妈妈大声喊：

"瑞云！"

瑞云站起来，执着贺生的两只手，一双眼泪滴在贺生手背上。

贺生回去，辗转反侧。想要回去变卖家产，以博一宵之欢；又想到更尽分别，各自东西，两下牵挂，更何以堪。想到这里，热念都消。咬咬牙，再不到瑞云院里去。

蔡妈妈催着瑞云择婿。接连几个月，没有中意的。眼看花朝已过，离三月十四没有几天了。

这天，来了一个秀才，坐了一会，站起身来，用一个指头在瑞云额头上按了一按，说："可惜，可惜！"说完就走了。瑞云送客回来，发现额头有一个黑黑的指印。越洗越真。

而且这块黑斑逐渐扩大，几天的功夫，左眼的上下眼皮都黑了。

瑞云不能再见客。蔡妈妈拔了她的簪环首饰，剥了上下衣裙，把她推下楼来，和妈子丫头一块干粗活。瑞云娇养惯了，身子又弱，怎么受得了这个！

贺生听说瑞云遭了奇祸，特地去看看。瑞云蓬着头，正在院里拔草。贺生远远喊了一声："瑞云！"瑞云听出是贺生的声音，急忙躲到一边，脸对着墙壁。贺生连喊了几声，瑞云就是不回头。贺生一头去找到蔡妈妈，说是愿意把瑞云赎出来。瑞云已经是这样，蔡妈妈没有多要身价银子。贺生回余杭，变卖了几亩田产，向蔡妈妈交付了身价。一乘花轿把瑞云抬走了。

到了余杭，拜堂成礼。入了洞房后，瑞云乘贺生关房门的功夫，自己揭了盖头，一口气，噗，噗，把两枝花烛吹灭了。贺生知道瑞云的心思,并不嗔怪。轻轻走拢,挨着瑞云在床沿坐下。

瑞云问:"你为什么娶我?"

"以前,我想娶你,不能。现在能把你娶回来了,不好么?"

"我脸上有一块黑。"

"我知道。"

"难看么?"

"难看。"

"你说了实话。"

"看看就会看惯的。"

"你是可怜我么?"

"我疼你。"

"伸开你的手。"

瑞云把手放在贺生的手里。贺生想起那天在院里瑞云和他执手相看,就轻轻抚摸瑞云的手。

瑞云说:"你说的是真话。"接着叹了一口气:"我已经不是我了。"

贺生轻轻咬了一下瑞云的手指:"你还是你。"

"总不那么齐全了!"

"你不是说过,愿意把身子给我吗?"

"你现在还要吗?"

"要!"

两口儿日子过得很甜。不过瑞云每晚临睡,总把所有灯烛吹灭了。好在贺生已经逐渐对她的全身读得很熟,没灯胜似有灯。

花开花落,春去秋来。一窗细雨,半床明月。少年夫妻,如鱼如水。

贺生真的对瑞云脸上那块黑看惯了。他不觉得有什么难看。似乎瑞云脸上本来就有,应该有。

瑞云还是一直觉得歉然。她有时晨妆照镜,会回头对贺生说:

"我对不起你!"

"不许说这样的话!"

贺生因事到苏州,在虎丘吃茶。隔座是一个秀才,自称姓和,彼此攀谈起来。秀才听出贺生是浙江口音,便问:

"你们杭州,有个名妓瑞云,她现在怎么样了?"

"已经嫁人了。"

"嫁了一个什么样的人?"

"一个和我差不多的人。"

"真能类似阁下,可谓得人!——不过,会有人娶她么?"

"为什么没有?"

《聊斋》新义

"她脸上——"

"有一块黑。是一个什么人用指头在她额头一按,留下的。这个人真不知道安的是什么心肠!——你怎么知道的?"

"实不相瞒,你说的这个人,就是在下。"

"你为什么要做这种事?"

"昔在杭州,也曾一觐芳仪,甚惜其以绝世之姿而流落不偶,故以小术晦其光而保其璞,留待一个有情人。"

"你能点上,也能去掉么?"

"怎么不能?"

"我也不瞒你,娶瑞云的,便是小生。"

"好!你别具一双眼睛,能超出世俗媸妍,是个有情人!我这就同你到余杭,还君一个十全佳妇。"

到了余杭,秀才叫贺生用铜盆打一盆水,伸出中指,在水面写写画画,说:"洗一洗就会好的。好了,须亲自出来一谢医人。"

贺生笑说:"那当然!"贺生捧盆入内室,瑞云掬水洗面,面上黑斑随手消失。晶莹洁白,一如当年。瑞云照照镜子,不敢相信。反复照视,大叫一声:"这是我!这是我!"

夫妻二人,出来道谢。一看,秀才没有了。

这天晚上,瑞云高烧红烛,剔亮银灯。

贺生不像瑞云一样欢喜。明晃晃的灯烛,粉扑扑的嫩脸，他觉得不惯。他若有所失。

瑞云觉得他的爱抚不像平日那样温存，那样真挚。她坐起来，轻轻地问：

"你怎么了？"

一九八七年八月一日　北京

黄　英

马子才，顺天人。几代都爱菊花。到了子才，更是爱菊如命。听说什么地方有佳种，一定得买到。千里迢迢，不辞辛苦。一天，有金陵客人寄住在马家，看了子才种的菊花，说他有个亲戚，有一二名种，为北方所无。马子才动了心，即刻打点行李，跟这位客人到了金陵。客人想方设法，给他弄到两苗菊花芽。马子才如获至宝，珍重裹藏，捧在手里，骑马北归。半路上，遇见一个少年，赶着一辆精致的轿车。少年眉清目秀，风姿洒落。他好像刚刚喝了酒，酒气中有淡淡的菊花香。一路同行，子才和少年就搭了话。少年听出马子才的北方口音，问他到金陵做什么来了，手里捧着的是什么。子才如实告诉少年，说手里这两苗菊花芽好不容易才弄

到,这是难得的名种。少年说:

"种无不佳,培溉在人。人即是花,花即是人。"

马子才似懂非懂,问少年要往哪里去。少年说:"姐姐不喜欢金陵,将到河北找个合适的地方住下。"马子才问:"找了房子没有?"——"到了再说吧。"子才说:"我看你们就甭费事了。我家里还有几间闲房,空着也是空着,你们不如就在我那儿住着,我也好请教怎样'培溉'菊花。"少年说:"得跟我姐姐商量商量。"他把车停住,把马子才的意思向姐姐说了。车里的人推开车帘说话。原来是二十来岁的一位美人。说:

"房子不怕窄憋,院子得大一些。"

子才说:"我家有两套院子,我住北院,南院归你们。两院之间有个小板门。愿意来坐坐,拍拍门,随时可以请过来。平常尽可落闩下锁,互不相扰。"

"这样很好。"

谈了半日,才互通名姓。少年姓陶,姐姐小字黄英。

两家处得很好。马子才发现,陶家好像不举火。经常是从外面买点烧饼馃子就算一餐,就三天两头请他们过来便饭。这姐弟二人倒也不客气,一请就到。有一天陶对马说:"老兄家道也不是怎么富足的,我们老是吃你们,长了,也不是个事。咱们合计合计,我看卖菊花也能谋生。"马子才素来自命清高,听了陶生的话很不以为然,说:"这是以东篱为市井,有辱黄花!"陶笑笑,说:"自食其力不为贫,贩花为业不为俗。"马子才不再说话。陶生也还常常拍拍板门,过来看看马子才种的菊花。

子才种菊,十分勤苦。风晨雨夜,科头赤足,他又挑剔得很严,残枝劣种,都拔出来丢在地上。他拿了把竹扫帚,打算扫到沟里,让它们顺水漂走。陶生说:"别!"他把这些残枝劣种都捡起来,抱到南院。马子才心想:这人并不懂种菊花!

没多久,到了菊花将开的月份,马子才听见南院人声嘈杂,闹闹嚷嚷,简直像是香期庙会:这是咋回事?扒在板门上偷觑:嗬,都是来买花的。用车子装的、背着的、抱着的,缕缕不绝。再一看那些花,都是见都没见过的异种。心想:他真的卖起菊花来了。这么多的花,得卖多少钱?此人俗,且贪!交不得!又恨他秘着佳本,不叫自己知道,太不够朋友。于是拍拍板门,想过去说几句不酸不咸的话,叫这小子知道:马子才既不贪财,也不可欺。陶生听见拍门,开开门,拉着子才的手,把他拽了过来。子才一看,荒庭半亩,都已辟为菊畦,除了那几间旧房,没有一块空地,到处都是菊花。多数憋了骨朵,少数已经半开。花头大,颜色好,秆粗,叶壮,比他自己园里种的,强百倍。问:"你这些花秧子是哪里淘换来的?"陶生说:"你细看看!"子才弯腰细看:似曾相识。原来都是自己拔弃的残枝劣种。于是想好的讥诮的话都忘了,直想问问:"你把菊种得这样好,有什么诀窍?"陶生转身进了屋,不大会,搬出一张矮桌,就放在菊畦旁边。又进屋,拿出酒菜,说:"我不想富,也不想穷。我不能那样清高。连日卖花,得了一些钱。你来了,今天咱们喝两盅。"陶生酒量大,用大杯。马子才只能小杯陪着。正喝着,听见屋里有人叫:"三郎!"是黄英的声音。"少喝点,小心吓着马先生。"陶生答应:"知道了。"几杯落肚,马子才问:"你说过'种无不佳,培溉在人',你到底有什法子能把花种成这样?"陶生说:

"人即是花,花即是人。花随人意。人之意即花之意。"

马子才还是不明白。

陶生豪饮,从来没见他大醉过。子才有个姓曾的朋友,酒量极大,没有对手。有一天,曾生来,马子才就让他们较量较量。二位放开量喝,喝得非常痛快。从早晨一直喝到半夜。曾生烂醉如泥,靠在椅子上呼呼大睡。陶生站起,要回去睡觉,出门踩了菊花畦,一交摔倒。马子才说:"小心!"一看人没了,只有一堆衣裳落在地上,陶生就地化成一棵菊花,一人高,开着十几朵花,花都有拳大。马子才吓坏了,赶紧去告诉黄英。黄英赶来,把菊花拔起来,放倒在地上,说:"怎么醉成这样!"拿起陶生衣裳,把菊花盖住,对马子才说:"走,别看!"到了天亮,马子才过去看看,只见陶生卧在菊畦边,睡得正美。

于是子才知道:这姐弟二人都是菊花精。

陶生已经露了形迹,也就不避子才,酒喝得越来越放纵。常常自己下个短帖,约曾生来共饮,二位酒友,成了莫逆。

二月十二,花朝。曾生着两个仆人抬了一坛百花酒,说:"今天咱们俩把这坛酒都喝了!"一坛酒快完了,两人都还不太醉。马子才又偷偷往坛里续了几斤白酒。俩人又都喝了。曾生醉得不省人事,由仆人背回去了。陶生卧在地上,又化为菊花。马见惯不惊,就如法炮制,把菊花拔起来,守在旁边,看他怎么再变过来。等了很久,看见菊花叶子越来越憔悴,坏了!赶紧去告诉黄英,黄英一听:"啊?!——你杀了我弟弟了!"急急奔过来看,菊花根株已枯。黄英大哭,掐了还有点活气的菊花梗,埋在盆里,携入闺中,每天灌溉。

盆里的花渐渐萌发。九月,开了花,短干粉朵,闻闻,有酒香。浇以酒,则茂。

这个菊种,渐渐传开。种菊人给起了个名字,叫"醉陶"。

《聊斋》新义

一年又一年，黄英也没有什么异状，只是她永远像二十来岁，永远不老。

一九八七年九月十一日　爱荷华

蛐　蛐

宣德年间，宫里兴起了斗蛐蛐。蛐蛐都是从民间征来的。这玩意陕西本不出。有那么一位华阴县令，想拍拍上官的马屁，进了一只。试斗了一次，不错，贡到宫里。打这儿起，传下旨意，责令华阴县年年往宫里送。县令把这项差事交给里正。里正哪里去弄到蛐蛐？只有花钱买。地方上有一些不务正业的混混，弄到好蛐蛐，养在金丝笼里，价钱抬得很高。有的里正，和衙役勾结在一起，借了这个名目，挨家挨户，按人口摊派。上面要一只蛐蛐，常常害得几户人家倾家荡产。蛐蛐难找，里正难当。

有个叫成名的，是个童生，多年也没有考上秀才。为人很迂，不会讲话。衙役瞧他老实，就把他报充了里正。成名托人情，送蒲包，磕头，作揖，不得脱身。县里接送往来官员，办酒席，敛程仪，要民夫，要马草，都朝里正说话。不到一年的功夫,成名的几亩薄产都赔进去了。一出暑伏,按每年惯例,该征蛐蛐了。成名不敢挨户摊派,自己又实在变卖不出这笔钱。每天烦闷忧愁,唉声叹气,跟老伴说:"我想死的心都有。"老伴说:"死,管用吗?买不起,自己捉!说不定能把这项差事应付过去。"成名说:"是个办法。"于是提了竹筒,拿着蛐蛐罩,破墙根底下,烂砖头堆里,草丛里,石头缝里,到处翻,找。清早出门,半夜回家。鞋磨破了,胲膝盖磨穿了,手上、脸上,叫葛针拉出好些血道道,无济于事。即使捕得三两只,又小又弱,不够分量,不上品。县令限期追比,交不上蛐蛐,二十板子。十多天下来,成名挨了百十板,两条腿脓血淋漓,没有一块好肉了。走都不能走,哪能再捉蛐蛐呢?躺在床上,翻来覆去:除了自尽,别无他法。

迷迷糊糊做了一个梦。梦见一座庙,庙后小山下怪石乱卧,荆棘丛生,有一只"青麻头"伏着。旁边有一只癞蛤蟆,将蹦未蹦。醒来想想:这是什么地方?猛然省悟:这不是村东头的大佛阁么?他小时候逃学,曾到那一带玩过。这梦有准么?那里真会有一只好蛐蛐?管它的!去碰碰运气。于是挣扎起来,拄着拐杖,往村东去。到了大佛阁后,一带都是古坟,顺着古坟走,蹲着伏着一块一块怪石,就跟梦里所见的一样。是这儿?——像!于是在蒿莱草莽之间,轻手轻脚,侧耳细听,凝神细看,听力目力都用尽了,然而听不到蛐蛐叫,看不见蛐蛐影子。忽然,蹦出一只癞蛤蟆。成名一愣,赶紧追!癞蛤蟆钻进了草丛。顺着方向,拨开草丛:一只蛐蛐在荆棘根旁伏着。快扑!蛐蛐跳进了石穴。用尖草撩它,不出来;用随身带着的竹筒里的水灌,这才出来。好模样!蛐蛐蹦,成名追。罩住了!细看看:个头大,尾巴长,青脖子,金翅膀。大叫一声:"这可好了!"一阵欢喜,腿上棒伤也似轻松了一些。提着蛐蛐笼,快步回家。举家庆贺,老伴破例给成名打了二两酒。家里有蛐蛐罐,垫上点过了箩[1]的细土,把宝贝养在里面。蛐蛐爱吃什么?栗子、菱角、螃蟹肉。买!净等着到了期限,好见官交差。这可好了:不会再挨板子,剩下的房产田地也能保住了。蛐蛐在罐里叫哩,矍矍矍矍……

成名有个儿子,小名叫黑子,九岁了,非常淘气。上树掏鸟蛋,下河捉水蛇,飞砖打恶狗,爱捅马蜂窝。性子倔,爱打架。比他大几岁的孩子也都怕他,因为他打起架来拼命,拳打脚踢带牙咬。三天两头,有街坊邻居来告"妈妈状"。成名夫妻,就这么一个儿子,只能老给街坊们赔不是,不忍心重棒打他。成名得了这只救命蛐蛐,再三告诫黑子:"不许揭开蛐蛐罐,不许看,千万千万!"

---

1 "箩"应为"罗"。——编者注

不说还好,说了,黑子还非看看不可。他瞅着父亲不在家,偷偷揭开蛐蛐罐。腾!——蛐蛐蹦出罐外,黑子伸手一扑,用力过猛,蛐蛐大腿折了,肚子破了——死了。黑子知道闯了大祸,哭着告诉妈妈。妈妈一听,脸色煞白:"你个孽障!你甭想活了!你爹回来,看他怎么跟你算账!"黑子哭着走了。成名回来,老伴把事情一说,成名掉在冰窟窿里了。半天,说:"他在哪儿?"找。到处找遍了,没有。做妈的忽然心里一震:莫非是跳了井了?扶着井栏一看,有个孩子。请街坊帮忙,把黑子捞上来,已经死了。这时候顾不上生气,只觉得悲痛。夫妻二人,傻了一样。傻坐着,你看看我,我看看你,找不到一句话。这天他们家烟筒没冒烟,哪里还有心思吃饭呢。天黑了,把儿子抱起来,准备用一张草席卷卷埋了。摸摸胸口,还有点温和;探探鼻子,还有气。先放到床上再说吧。半夜里,黑子醒过来了,睁开了眼。夫妻二人稍得安慰。只是眼神发呆。睁眼片刻,又合上眼,昏昏沉沉地睡了。

蛐蛐死了,儿子这样。成名瞪着眼睛到天亮。

天亮了,忽然听到门外蛐蛐叫,成名跳起来,远远一看,是一只蛐蛐。心里高兴,捉它!蛐蛐叫了一声:嚯,跳走了,跳得很快。追。用手掌一捂,好像什么也没有,空的。手才举起,又分明在,跳得老远。急忙追,折过墙角,不见了。四面看看，蛐蛐伏在墙上。细一看，个头不大，黑红黑红的。成名看它小，瞧不上眼。墙上的小蛐蛐，忽然落在他的袖口上。看看：小虽小，形状特别，像一只土狗子，梅花翅，方脑袋，好像不赖。将就吧。右手轻轻捏住蛐蛐，放在左手掌里，两手相合，带回家里。心想拿它交差，又怕县令看不中，心里没底，就想试着斗一斗，看看行不行。村里有个小伙子，是个玩家，走狗斗鸡，提笼架鸟，样样在行。他养着一只蛐蛐，自名"蟹壳青"，每天找一些少年子弟斗，百战百胜。他把这只"蟹壳青"居为奇货，索价很高，也没人买得起。有人传出来，说成名得了一只蛐蛐，这小伙子就到成家拜访，要看看蛐蛐。一看，捂着嘴笑了：这也叫蛐蛐！于是打开自己的蛐蛐罐，把蛐蛐赶进"过笼"里，放进斗盆。成名一看，这只蛐蛐大得像一只油葫芦，就含糊了，不敢把自己的拿出来。小伙子存心看个笑话，再三说："玩玩嘛，咱又不赌输赢。"成名一想，反正养这么只孬玩意也没啥用，逗个乐！于是把黑蛐蛐也放进斗盆。小蛐蛐趴着不动，蔫哩巴唧，小伙子又大笑。使猪鬃撩拨它的须须，还是不动。小伙子又大笑。撩它，再撩它！黑蛐蛐忽然暴怒，后腿一挺，直窜过来。俩蛐蛐这就斗开了，冲、撞、腾、击，劈里卜碌直响。忽见小蛐蛐跳起来，伸开须须，翘起尾巴，张开大牙，一下子钳住大蛐蛐的脖子。大蛐蛐脖子破了,直流水。小伙子赶紧把自己的蛐蛐装进过笼,说:"这小家伙真玩命呀!"小蛐蛐摆动着须须,"嚯嚯,嚯嚯",扬扬得意。成名也没想到。他和小伙子正在端详这只黑红黑红的小蛐蛐,他们家的一只大公鸡斜着眼睛过来,上去就是一嘴。成名大叫了一声:"啊呀!"幸好,公鸡没啄着,蛐蛐蹦出了一尺多远。公鸡一啄不中,撒腿紧追。眨眼之间,蛐蛐已经在鸡爪子底下了。成名急得不知怎么好,只是跺脚,再一看,公鸡伸长了脖子乱甩。唔?走近了一看,只见蛐蛐叮在鸡冠上,死死咬住不放。公鸡羽毛扎撒,双脚挣蹦。成名惊喜,把蛐蛐捏起来,放进笼里。

第二天,上堂交差。县太爷一看,这么个小东西,大怒:"这,你不是糊弄我吗!"成名细说这只蛐蛐怎么怎么好。县令不信,叫衙役弄几只蛐蛐来试试。果然,都不是对手。又叫抱一只公鸡来,一斗,公鸡也败了。县令吩咐,专人送到巡抚衙门。巡抚大为高兴,打了一只金笼子,又命师爷连夜写了一通奏折,详详细细表叙了黑蛐蛐的能耐,把蛐蛐献进宫中。宫里的有名有姓的蛐蛐多了,都是各省进贡来的。什么"蝴蝶"、"螳螂"、"油利挞"、"青丝额"……黑蛐蛐跟这些"名将"斗了一圈,没有一只,能经得三个回合,全都不死带伤望风而逃。皇上龙颜大悦,下御诏,赐给巡抚名马衣缎。巡抚饮水思源,到了考核的时候,给华阴县评了一个

"卓异",就是说该县令的政绩非比寻常。县令也是个有良心的,想起他的前程都是打成名那儿来的,于是免了成名里正的差役;又嘱咐县学的教谕,让成名进了学,成了秀才,有了功名,不再是童生了;还赏了成名几十两银子,让他把赔累进去的薄产赎回来。成名夫妻,说不尽的欢喜。

只是他们的儿子一直是昏昏沉沉地躺着,不言不语,不吃不喝,不死不活,这可怎么了呢?

树叶黄了,树叶落了,秋深了。

一天夜里,成名夫妻做了一个同样的梦,梦见了他们的儿子黑子。黑子说:

"我是黑子。就是那只黑蛐蛐。蛐蛐是我。我变的。

"我拍死了'青麻头',闯了祸。我就想:不如我变一只蛐蛐吧。我就变成了一只蛐蛐。

"我爱打架。

"我打架总要打赢。谁我也不怕。

"我一定要打赢。打赢了,爹就可以不当里正,不挨板子。我九岁了,懂事了。

"我跟别的蛐蛐打,我想:我一定要打赢,为了我爹,我妈。我拼命。蛐蛐也怕蛐蛐拼命。它们就都怕。

"我打败了所有的蛐蛐!我很厉害!

"我想变回来。变不回来了。

"那也好。我活了一秋。我赢了。

"明天就是霜降,我的时候到了。

"我走了。你们不要想我。——没用。"

第二天一早,黑子死了。

一个消息从宫里传到省里,省里传到县里:那只黑蛐蛐死了。

一九八七年九月二十日　爱荷华

石　清　虚

邢云飞,爱石头。书桌上,条几上,书架上,柜橱里,多宝隔[1]里,到处是石头。这些石头有的是他不惜重价买来的,有的是他登山涉水满世界寻觅来的。每天早晚,他把这些石头挨着个儿看一遍。有时对着一块石头能端详半天。一天,在河里打鱼,觉得有什么东西挂了网,挺沉,他脱了衣服,一个猛子扎下去,一摸,是块石头。抱上来一看,石头不小,直径够一尺,高三尺有余。四面玲珑,峰峦叠秀。高兴极了。带回家来,配了一个紫檀木的座,供在客厅的

1　"隔"应为"槅"。——编者注

案上。

一天，天要下雨，邢云飞发现：这块石头出云。石头有很多小窟窿，每个窟窿里都有云，白白的，像一团一团新棉花，袅袅飞动，忽淡忽浓。他左看右看，看呆了。俟后，每到天要下雨，都是这样。这块石头是个稀世之宝！

这就传开了。很多人都来看这块石头。一到阴天，来看的人更多。

邢云飞怕惹事，就把石头移到内室，只留一个檀木座在客厅案上。再有人来要看，就说石头丢了。

一天，有一个老叟敲门，说想看看那块石头。邢云飞说："石头已经丢失很久了。"老叟说："不是在您的客厅里供着吗？"——"您不信？不信就请到客厅看看。"——"好，请！"一跨进客厅，邢云飞愣了：石头果然好好地嵌在檀木座里。咦！

老叟抚摸着石头，说："这是我家的旧物，丢失了很久了，现在还在这里啊。既然叫我看见了，就请赐还给我。"邢云飞哪肯呀："这是我家传了几代的东西，怎么会是你的！"——"是我的。"——"我的！"两个争了半天。老叟笑道："既是你家的，有什么验证？"邢云飞答不上来。老叟说："你说不上来，我可知道。这石头前后共有九十二个窟窿,最大的窟窿里有五个字:'清虚石天供'[1]。"邢云飞细一看,大窟窿里果然有五个字,才小米粒大,使劲看,才能辨出笔划。又数数窟窿,不多不少,九十二。邢云飞没有话说,但就是不给。老叟说:"是谁家的东西,应该归谁,怎么能由得你呢?"说完一拱手,走了。邢云飞送到门外,回来,石头没了。大惊,惊疑是老叟带走了,急忙追出来。老叟慢慢地走着,还没走远。赶紧奔上去,拉住老叟的袖子,哀求道:"你把石头还我吧!"老叟说:"这可是奇怪了,那么大的一块石头,我能攥在手里,揣在袖子里吗?"邢云飞知道这老叟很神,就强拉硬拽,把老叟拽回来,给老叟下了一跪,不起来,直说:"您给我吧,给我吧!"老叟说:"石头到底是你家的,是我家的?"——"您家的!您家的!——求您割爱,求您割爱!"老叟说:"既是这样,那么,石头还在。"邢云飞一扭头,石头还在座里,没挪窝。老叟说:

"天下之宝,当与爱惜之人。这块石头能自己选择一个主人,我也很喜欢。然而,它太急于自现了。出世早,劫运未除,对主人也不利。我本想带走,等过了三年,再赠送给你。既想留下,那你就得减寿三年,这块石头才能随着你一辈子,你愿意吗?"——"愿意!愿意!"老叟于是用两个指头捏了一个窟窿一下,窟窿软得像泥,闭上了。随手闭了三

---

[1] 《聊斋志异》原文中,此处为"清虚天石供"。——编者注

个窟窿,完了,说:"石上窟窿,就是你的寿数。"说罢,飘然而去。

有一个权豪之家,听说邢家有一块能出云的石头,就惦记上了。一天派了两个家奴闯到邢家,抢了石头便走。邢云飞追出去,拼命拽住。家奴说石头是他们主人的,邢云飞说:"我的!"于是经了官。地方官坐堂问案,说是你们各执一词,都说说,有什么验证。家奴说:"有!这石头有九十二个窟窿。"——原来这权豪之家早就派了清客,到邢家看过几趟,暗记了窟窿数目。问邢云飞:"人家说出验证来了,你还有什么话说!"邢云飞说:"回大人,他们说得不对。石头只有八十九个窟窿。有三个窟窿闭了,还有六个指头印。"——"呈上来!"地方当堂验看,邢云飞所说,一字不差,只好把石头断给邢云飞。

邢云飞得了石头回来,用一方古锦把石头包起来,藏在一只铁梨木匣子里。想看看,一定先焚一炷香,然后才开匣子。也怪,石头很沉,别人搬起来很费劲;邢云飞搬起来却是轻而易举。

邢云飞到了八十九岁,自己置办了装裹棺木,抱着石头往棺材里一躺,死了。

一九八七年九月二十一日　爱荷华

后　记

我想做一点试验，改写《聊斋》故事，使它具有现代意识，这是尝试的第一批。

石能择主，人即是花，这种思想原来就是相当现代的。蒲松龄在那样的时候能有这样的思想，令人惊讶。《石清虚》我几乎没有什么改动。我把《黄英》大大简化了，删去了黄英与马子才结为夫妇的情节，我不喜欢马子才，觉得他俗不可耐。这样一来，主题就直露了，但也干净得多了。我把《蟋蟀》（《促织》）和《瑞云》的大团圆式的喜剧结尾改掉了。《促织》本来是一个具有强烈的揭露性的悲剧，原著却使变成蟋蟀的孩子又复活了，他的父亲也有了功名，发了财，这是一大败笔。这和前面一家人被逼得走投无路的情绪是矛盾的，孩子的变形也就失去使人震动的力量。蒲松龄和自己打了架。迫使作者于不自觉中化愤怒为慰安，于此可见封建统治的酷烈。我这样改，相信是符合蒲老先生的初衷的。《瑞云》的主题原来写的是"不以媸妍易念"。这是道德意识，不是审美意识。瑞云之美，美在性情，美在品质，美在神韵，不仅仅在于肌肤。脸上有一块黑，不是损其全体。（《聊斋》写她"丑状类鬼"很恶劣！）歌德说过：爱一个人，如果不爱她的缺点，不是真正的爱。"情人眼里出西施"，是很有道理的。昔人评《聊斋》就有指出"和生多事"的。和生的多事不在在瑞云额上点了一指,而在使其靧面光洁。我这样一改,立意与《聊斋》就很不相同了。

前年我改编京剧《一捧雪》,确定了一个原则:"小改而大动",即尽量保存传统作品的情节,而在关键的地方加以变动,注入现代意识。

改写原有的传说故事,参以己意,使成新篇,这样的事早就有人做过,比如歌德的《新美露茜娜》。比起歌德来,我的笔下显然是过于拘谨了。

中国的许多带有魔幻色彩的故事,从六朝志怪到《聊斋》,都值得重新处理,从哲学的高度,从审美的视角。

我这只是试验,但不是闲得无聊的消遣。本来想写一二十篇以后再拿出来,《人民文学》索稿,即以付之,为的是听听反应。也许这是找挨骂。

一九八八年一月二十日

陆 判
——《聊斋》新义

朱尔旦,爱做诗。但是天资钝,写不出好句子。人挺豪放,能喝酒。喝了酒,爱跟人打赌。一天晚上,几个做诗写文章的朋友聚在一处,有个姓但的跟朱尔旦说:"都说你什么事都敢干,咱们打个赌:你要是能到十王殿去,把左廊下的判官背了来,我们大家凑钱请你一顿!"这地方有一座十王殿,神鬼都是木雕的,跟活的一样。东廊下有一个立判,绿脸红胡子,模样尤其狞恶。十王殿阴森森的,走进去叫人汗毛发紧。晚上更没人敢去。因此,这姓但的想难倒朱尔旦。朱尔旦说:"一句话!"站起来就走。不大一会,只听见门外大声喊叫:"我把髯宗师请来了!"姓但的说:"别听

---

* 初刊于《滇池》一九八八年第五期,初收于《中国当代作家选集丛书·汪曾祺》。

他的！"——"开门哪！"门开处，朱尔旦当真把判官背进来了。他把判官搁在桌案上，敬了判官三大杯酒。大家看见判官矗着，全都坐不住："你，还把他，请回去！"朱尔旦又把一壶酒泼在地上，说了几句祝告的话："门生粗率不文，惊动了您老人家，大宗师谅不见怪。舍下离十王殿不远，没事请过来喝一杯，不要见外。"说罢，背起判官就走。

第二天，他的那些文友，果然凑钱请他喝酒。一直喝到晚上，他已经半醉了，回到家里，觉得还不尽兴，又弄了一壶，挑灯独酌。正喝着，忽然有人掀开帘子进来。一看，是判官！朱尔旦腾地站了起来："噫！我完了！昨天我冒犯了你，你今天来，是不是要给我一斧子？"判官拨开大胡子一笑："非也！昨蒙高义相订，今天夜里得空，敬践达人之约。"朱尔旦一听，非常高兴，拽住判官衣袖，忙说："请坐！请坐！"说着点火坐水，要烫酒。判官说："天道温和，可以冷饮。"——"那好那好！——我去叫家里的弄两碟菜。你宽坐一会。"朱尔旦进里屋跟老婆一说，——他老婆娘家姓周，挺贤慧，"炒两个菜，来了客。"——"半夜里来客？什么客？"——"十王殿的判官。"——"什么？"——"判官。"——"你千万别出去！"朱尔旦说："你甭管！炒菜，炒菜！"——"这会儿，能炒出什么菜？"——"炸花生米！炒鸡蛋！"一会儿的功夫，两碟酒菜炒得了，朱尔旦端出来，重换杯筷,斟了酒:"久等了!"——"不妨,我在读你的诗稿。"——"阴间,也兴做诗?"——"阳间有什么,阴间有什么。"——"你看我这诗?"——"不好。"——"是不好!喝酒!——你怎么称呼?"——"我姓陆。"——"台甫?"——"我没名字。"——"没名字? 好!——干!"这位陆判官真是海量,接连喝了十大杯。朱尔旦因为喝了一天的酒,不知不觉,醉了。趴在桌案上,呼呼大睡。到天亮,醒了,看看半枝残烛,一个空酒瓶,碟子里还有几颗炸焦了的花生米,两筷子鸡蛋,恍惚了半天:"我夜来跟谁喝酒来着? 判官,陆判?"自此,陆判隔三两天就来一回,炸花生米、炒鸡蛋下酒。朱尔旦做了诗,都拿给陆判看。陆判看了,都说不好。"我劝你就别做诗了。诗不是谁都能做的。你的诗,平仄对仗都不错,就是缺一点东西——诗意。心中无诗意,笔下如何有好诗? 你的诗,还不如炒鸡蛋。"

有一天,朱尔旦醉了,先睡了,陆判还在自斟自饮。朱尔旦醉梦之中觉得肚脏微微发痛,醒过来,只见陆判坐在床前,豁开他的腔子,把肠子肚子都掏了出来,一条一条在整理。朱尔旦大为惊愕,说:"咱俩无仇无怨,你怎么杀了我?"陆判笑笑说:"别怕别怕,我给你换一颗聪明的心。"说着不紧不慢的,把肠子又塞了回去。问:"有干净白布没有?"——"白布? 有包脚布!"——"包脚布也凑合。"陆判用裹脚布缚紧了朱尔旦的腰杆,说:"完事了!"朱尔旦看看床上,也没有血迹,只觉得小肚子有点发木。看看陆判,把一疙瘩红肉放在茶几上,问:"这是啥?"——"这是老兄的旧心。你的诗写不好,是因为心长得不好。你瞧瞧,什么乱七八糟的,窟窿眼都堵死了。适才在阴间拣到一颗,虽不是七窍玲珑,比你原来那颗要强些。你那一颗,我还得带走,好到阴间凑足原数。你躺着,我得去交差。"

朱尔旦睡了一觉,天明,解开包脚布看看,创口已经合缝,只有一道红线。从此,他的诗就写得好些了。他的那些诗友都很奇怪。

朱尔旦写了几首传诵一时的诗,就有点不安份了。一天,他请陆判喝酒,喝得有点醺醺然了,朱尔旦说:"湔肠[1]伐胃,受赐已多,尚有一事欲相烦,不知可否?"陆判一听:"什么事?"朱尔旦说:"心肠可换,这脑袋面孔想来也是能换的。"——"换头?"——"你弟妇,我们家里的,结发多年,怎么说呢,下身也还挺不赖,就是头面不怎么样。四方大脸,塌鼻梁。你能不能给来一刀?"——"换一个?成!容我缓几天,想想办法。"

过了几天,半夜里,来敲门,朱尔旦开门,拿蜡烛一照,见陆判用衣襟裹着一件东西。"啥?"陆判直喘气:"你

---

[1] 初刊本、初版本均为"汤",据作者手稿改为"肠"。——编者注

托咐我的事,真不好办。好不容易,算你有运气,我刚刚得了一个挺不错的美人脑袋,还是热乎的!"一手推开房门,见朱尔旦的老婆侧身睡着,睡得正实在,陆判把美人脑袋交给朱尔旦抱着,自己从靴勒子里抽出一把锋快的匕首,按着朱尔旦老婆的脑袋,切冬瓜似的一刀切了下来,从朱尔旦手里接过美人脑袋,合在朱尔旦老婆脖颈上,看端正了,然后用手四边摁了摁,动作干净利落,真是好手艺!然后,移过枕头,塞在肩下,让脑袋腔子都舒舒服服的斜躺着。说:"好了!你把尊夫人原来的脑袋找个僻静地方,刨个坑埋起来。以后再有什么事,我可就不管了。"

第二天,朱尔旦的老婆起来,梳洗照镜。脑袋看看身子:"这是谁?"双手摸摸脸蛋:"这是我?"

朱尔旦走出来,说了换头的经过,并解开女人的衣领,让女人验看,脖颈上有一圈红线,上下肉色截然不同。红线以上,细皮嫩肉;红线以下,较为粗黑。

吴侍御有个女儿,长得很好看。昨天是上元节,去逛十王殿。有个无赖,看见她长得美,跟梢到了吴家。半夜,越墙到吴家女儿的卧室,想强奸她。吴家女儿抗拒,大声喊叫,无赖一刀把她杀了,把脑袋放在一边,逃了。吴家听见女儿屋里有动静,赶紧去看。一看见女儿尸体,非常惊骇。把女儿尸体用被窝盖住,急忙去备具棺木。这时候,正好陆判下班路过，一看，这个脑袋不错！裹在衣襟里，一顿脚，腾云驾雾，来到了朱尔旦家。

吴家买了棺木，要给女儿成殓。一揭被窝，脑袋没了！

朱尔旦的老婆换了脑袋，也带了一些别扭。朱尔旦的老婆原来食量颇大，爱吃辛辣葱蒜。可是这个脑袋吃得少，又爱吃清淡东西，喝两口鸡丝雪笋汤就够了，因此就下面的肚子老是不饱。

晚上，这下半身非常热情，可是脖颈上这张雪白粉嫩的脸却十分冷淡。

吴家姑娘原来爱弄乐器，笙箫管笛，无所不晓。有一天，在西厢房找到一管玉屏洞箫，高兴极了，想吹吹。撮[1]细了樱唇，倒是吹出了音，可是下面的十个指头不会捏眼！

朱尔旦老婆换了脑袋，这事渐渐传开了。

朱尔旦的那些诗朋酒友自然也知道了这件事。大家就要求见见换了脑袋的嫂夫人，尤其是那位姓但的。朱尔旦被他们缠得脱不得身，只得略备酒菜，请他们见见新脸旧夫人。

客人来齐了，朱尔旦请夫人出堂。

大家看了半天，姓但的一躬到地：

"是嫂夫人？"

这张挺好看的脸上的挺好看的眼睛看看他，说："初次

---

[1] "撮"应为"噘"。——编者注

见面，您好！"

初次见面？

"你现在贵姓？姓周，还是姓吴？"

"不知道。"

不知道？

"那么你是？"

"我也不知道我是谁。是我，还是不是我。"这张挺好看的面孔上的挺好看的眼睛看看朱尔旦，下面一双挺粗挺黑的手比比划划，问朱尔旦："我是我？还是她？"

朱尔旦想了一会，说：

"你们。"

"我们？"

一九八八年新春

双 灯
——《聊斋》新义

魏家二小,父母双亡,没念过几年书,跟着舅舅卖酒。舅舅开了一座糟坊,就在村口,不大,生意也清淡,顾客不多。糟坊前进,有一些甑子、水桶、酒缸。后面是一个很大的院子,荒荒凉凉,什么也没有,开了一地的野花。后院有一座小楼。楼下是空的,二小住在楼上。每天太阳落了山,关了大门,就剩二小一个人了。他倒不觉得闷。有时反反复复想想小时候的事,背两首还记得的千家诗,或是伏在楼窗口看南山。南山暗蓝暗蓝的,没有一星灯火。南山很深,除了打柴的、采药的,不大有人进去。天边的余光退尽了,南山的影子模糊了,星星一个一个地出齐了,村里有几声狗

---

* 初刊于《上海文学》一九八九年第一期,初收于北师大版《汪曾祺全集》第二卷。

叫,二小睡了,连灯都不点。一年一年,二小长得像个大人了,模样很清秀。因为家寒,还没有说亲。

一天晚上,二小已经躺下了,听见楼下有脚步声,还似不止一个人。不大会,踢踢踏踏,上了楼梯。二小一骨碌坐起来:"谁?"只见两个小丫鬟挑着双灯,已经到了床跟前。后面是一个少年书生,领着一个女郎。到了床前,微微一笑。二小惊得说不出话来。一想:这是狐狸精!腾地一下,汗毛都立起来了,低着头,不敢斜视一眼。书生又笑了笑说:"你不要猜疑。我妹妹和你有缘,应该让她和你作伴。"二小看看书生,一身貂皮绸缎,华丽耀眼;看看自己,粗布衣裤,自己直觉得寒碜,不知道说什么好。书生领着丫鬟,丫鬟留下双灯,他们径自走了。

剩下女郎一个人。

二小细细地看了女郎,像画上画的仙女,越看越喜欢,只是自己是个卖酒的,浑身酒糟气,怎么配得上这样的仙女呢?想说两句风流一点的话,一句也说不出,傻了。女郎看看他,说:"你不是念'子曰'的,怎么那么书呆子气!我手冷,给我焐焐!"一步走向前,把二小推倒在床上,把手伸在他怀里。焐了一会,二小问:"还冷吗?"——"不冷了,我现在身上冷。"二小翻身把她搂了起来。二小从来没有干过这种事。不过这种事是不需人教的。

双 灯——《聊斋》新义

鸡叫了,两个小丫鬟来,挑起双灯,把女郎引走了。到楼梯口,女郎回头:

"我晚上来。"

"我等你。"

夜长,他们赌猜枚。二小拎了一壶酒,笸箩里装了一堆豆子:"我藏你猜,猜对了,我喝一口酒。"他用右手攥了豆子:"几颗?"

"三颗。"

摊开手:三颗!

又攥了一把:"几颗?"

"十一!"

摊开手,十一颗!

猜了十次,都猜对了,二小喝了好几杯酒。

"这样猜法,你要喝醉了,你没个赢的时候。不如我藏,你猜,这样你还能赢几把。"

这样过了半年。

一天,太阳将落,二小关了大门,到了后院,看见女郎坐在墙头上,这天她打扮得格外标致,水红衫子,百[1]蝶绢裙,鬓边插了一支珍珠编凤。她招招手:"你过来。"把手伸给二小,墙不高,轻轻一拉,二小就过了墙。

---

1 初刊本、初版本均为"白",据作者手稿改为"百"。——编者注

"你今天来得早?"

"我要走了,你送送我。"

"要走?为什么要走?"

"缘尽了。"

"什么叫'缘'?"

"缘就是爱。"

"……"

"我喜欢你,我来了。我开始觉得我就要不那么喜欢你了,我就得走。"

"你忍心?"

"我舍不得你,但是我得走。我们,和你们人不一样,不能凑合。"

说着已到村外,那两个小丫鬟挑着双灯等在那里,她们一直走向南山。

到了高处,女郎回头:

"再见了。"

二小呆呆地站着,远远看见双灯一会明,一会灭,越来越远,渐渐看不见了。二小好像掉了魂。

这天夜晚,山上的双灯,村里人都看见了。

一九八八年六月十日

画　壁
——《聊斋》新义

　　有一商队,从长安出发,将往大秦。朱守素,排行第三,有货物十驮,亦附队同行。这十个驮子,装的都是上好的丝绸。"象眼""方胜"花样新鲜;"海榴""石竹",颜色美丽。如到大秦,可获巨利。驼队到了酒泉,需要休息。那酒泉水好。要把皮囊灌满,让骆驼也喝足了水。

　　酒泉有一座佛寺,殿宇虽不甚弘大,但是佛像庄严,两壁的画是高手画师手笔,名传远近。朱守素很想去瞻望。他把骆驼、驮子、水囊托咐给同行旅伴,径自往佛寺中来。

　　寺中长老出门肃客。长老内养丰润,面色微红,眉白如雪,着杏黄褊衫,合十为礼,引导朱守素各处随喜,果然

　　＊初刊于《北京文学》一九八八年第八期,初收于北师大版《汪曾祺全集》第二卷。

是一座幽雅[1]寺院,画栋雕窗,一尘不到。阶前开两株檐葡,池边冒几束菖蒲。

进了正殿,朱守素慢慢地去看两边画壁。西壁画鬼子母[2],不甚动人。东壁画散花天女。花雨缤纷,或飘或落。天女皆衣如出水,带若当风。面目姣好,肌体丰盈。有一垂发少女,拈花微笑,樱唇欲动,眼波将流。朱守素目不转瞬,看了又看,心摇意动,想入非非。忽然觉得自己飘了起来,如同腾云驾雾,落定之后,已在墙上。举目看看,殿阁重重,极其华丽,不似人间。有一老僧在座上说法,围听的人很多。朱守素也杂在人群中听了一会。忽然觉得有人轻轻拉了一下他的衣袖,一回头,正是那个垂发少女。她嫣然一笑,走了。朱守素尾随着她,经过一道曲曲折折的游廊,到了一所精精致致的小屋跟前,朱守素不知这是什么所在,脚下踌躇。少女举起手中花,远远地向他招了招。朱守素紧走了几步,追了上去。一进屋,没有人,上去就把她抱住了。

少女梳理垂发,穿好衣裳,轻轻开门,回头说:"不要咳嗽!"关了门。

晚上,轻轻地开了门,又来了。

这样过了两天。女伴们发觉少女神采变异,喊喊喳喳了

---

[1] "幽雅"初刊本为"楼徽",据作者手校本改。——编者注
[2] "鬼子母"初刊本为"兔子母",据作者手校本改。——编者注

一阵,一窝蜂似的闯进拈花女的屋子,七手八脚,到处一搜,把朱守素搜了出来。

"哈!肚子里已经有了娃娃,还头发蓬蓬的学了处女样子呀!不行!"

女伴们捧了簪环首饰,一起说:

"上头!"

少女含羞不语,只好由她们摆布。七手八脚,一会儿就把头给梳上了。一个胖天女说:

"姐姐妹妹们,咱们别老呆着,叫人家不乐意!"——"噢!"天女们一窝蜂又都散了。

朱守素看看女郎,云髻高簇,凤鬟[1]低垂,比垂发时更为艳丽,转目流盼,光采照人。朱守素把她揽在怀里。她浑身兰花香气。

忽然听到外面皮靴踏地,铿铿作响。女郎神色紧张,说:

"这两天金甲神人巡查得很紧,怕有下界人混入天上。我要去就部随班,供养礼佛。你藏在这个壁橱里,不要出来。"

朱守素呆在壁橱里,壁橱狭小,又黑暗无光,十分气闷。他听听外面,没有声息,就偷偷出来,开门眺望。

---

1 "凤鬟"初刊本为"鬟凤",据作者手校本改。——编者注

朱守素的同伴吃了烧肉胡饼,喝了水,一切准备停当,不见朱守素人影,就都往佛寺中走,问寺中长老,可曾见过这样一个人。长老说:"见过见过。"

"他到哪里去了?"

"他去听说法了。"

"在什么地方?"

"不远不远。"

长老用手指弹弹画壁,叫道:

"朱檀越,你怎么去了偌长时间,你的同伴等你很久了!"

大家一看,画上现出朱守素的像,竖起耳朵,好像听见了。

旅伴大声喊道:

"朱三哥,我们要上路了!你的十驮货物如何处置?要不,给你留下?"

朱守素忽然从墙上飘了下来,双眼恍惚,两脚发软。

旅伴齐问:

"你怎么进到画里去了?这是怎么回事?"

朱守素问长老:

"这是怎么回事?"

长老说:"幻由心生。心之所想,皆是真实。请看。"

朱守素看看画壁,原来拈花的少女已经高梳云髻,不再是垂发了。

朱守素目瞪口呆。

"走吧走吧。"旅伴们把朱守素推推拥拥,出了山门。

驼队又上路了。骆驼扬着脑袋,眼睛半睁半闭,样子极其温顺,又似极其高傲,仿佛于人世间事皆不屑一顾。骆驼的柔软的大蹄子踩着砂碛,驼队渐行渐远。

一九八八年六月二十日

《聊斋》新义两篇

捕快张三

捕快张三,结婚半年。他好一杯酒,于色上寻常。他经常出外办差,三天五日不回家。媳妇正在年轻,空房难守,就和一个油头光棍勾搭上了。明来暗去,非止一日。街坊邻里,颇有察觉。水井边,大树下,时常有老太太、小媳妇咬耳朵,挤眼睛,点头,戳手,悄悄议论,嚼老婆舌头。闲言碎语,张三也听到了一句半句。心里存着,不露声色。一回,他出外办差,提前回来了一天。天还没有亮,便往家走。没拐进胡同,远远看见一个人影,从自己家门出来。张

---

* 初刊于《小说家》一九八九年第六期,初收于北师大版《汪曾祺全集》第二卷。

三紧赶两步，没赶上。张三拍门进屋，媳妇梳头未毕，挽了纂，正在掠鬓，脸上淡淡的。

"回来了？"

"回来了！"

"提早了一天。"

"差事完了。"

"吃什么？"

"先不吃。——我问你，我不在家，你都干什么了？"

"开门，撒火，喂鸡，择菜，坐锅，煮饭，做针线活，和街坊闲磕牙，说会子话，关门，放狗，挡鸡窝……"

"家里没人来过？"

"隔壁李二嫂来替过鞋样子，对门张二婶借过笸箩……"

"没问你这个！我回来的时候，在胡同口仿佛瞧见一个人打咱们家出去，那是谁？"

"你见了鬼了！——吃什么？"

"给我下一碗热汤面，煮两个咸鸡子，烫四两酒。"

媳妇下厨房整治早饭，张三在屋里到处搜寻，看看有什么破绽。翻开被窝，没有什么。一掀枕头，滚出了一枚韭菜叶赤金戒指。张三攥在手里。

媳妇用托盘托了早饭进来。张三说：

"放下。给你看一样东西。"

张三一张手,媳妇浑身就凉了:这个粗心大意的东西!没有什么说的了,扑通一声,跪倒在地:

"我错了。你打吧。"

"打?你给我去死!"

张三从房梁上抽下一根麻绳,交在媳妇手里。

"要我死?"

"去死!"

"那我死得漂漂亮亮的。"

"行!"

"我得打扮打扮,插花戴朵,擦粉抹胭脂,穿上我娘家带来的绣花裙子袄。"

"行!"

"得会子。"

"行!"

媳妇到里屋去打扮,张三在外屋剥开咸鸡子,慢慢喝着酒。四两酒下去了小三两,鸡子吃了一个半,还不见媳妇出来。心想:真麻烦;又一想:也别说,最后一回了,是得好好"刀尺""刀尺"。他忽然成了一个哲学家,举着酒杯,自言自语:"你说这人活一辈子,是为了什么呢?"

一会儿,媳妇出来了:喝!眼如秋水,面若桃花,点翠插头,半珠押鬓,银红裙袄粉缎花鞋。到了外屋,眼泪汪汪,向张三拜了三拜。

"你真的要我死呀?"

"别废话,去死!"

"那我就去死啦!"

媳妇进了里屋,听得见她搬了一张机凳,站上去,拴了绳扣,就要挂上了。张三把最后一杯酒一饮而尽,趴叉一声,摔碎了酒杯,大声叫道:

"咍[1]!回来!一顶绿帽子,未必就当真把人压死了!"

这天晚上,张三和他媳妇,琴瑟和谐。夫妻两个,恩恩爱爱,过了一辈子。

> 按:这个故事见于《聊斋》卷九《佟客》后附"异史氏曰"的议论中。故事与《佟客》实无关系。"异史氏"的议论是说古来臣子不能为君父而死,本来是很坚决的,只因为"一转念"误之。议论后引出这故事,实在毫不相干。故事很一般,但在那样的时代,张三能掀掉"绿头巾"的压力,实在是很豁达,非常难得的。蒲松龄述此故事时语气不免调侃,但字里行间,流露同情,于此可窥见聊斋对贞节的看法。聊斋对妇女常持欣赏眼光,多曲谅,少苛求,这一点,是与曹雪芹相近的。

一九八九年七月二十八日

---

[1] 咍音 hāi,读孩第一声。

同　梦

凤阳士人，负笈远游。临行时对妻子说："半年就回来。"年初走的，眼下重阳已经过了。露零白草，叶下空阶。

妻子日夜盼望。

白日好过，长夜难熬。

一天晚上，卸罢残妆，摊开薄被躺下了。

月光透过窗纱，摇晃不定。

窗外是官河。夜航船的橹声咿咿呀呀。

士人妻无法入睡。迷迷糊糊，不免想起往日和丈夫枕席亲狎，翻来覆去折饼。

忽然门帷掀开，进来了一个美人。头上珠花乱颤，系一袭绛色披风，笑吟吟地问道：

"姐姐，你是不是想见你家郎君呀？"

士人妻已经站在地上，说：

"想。"

美人说："走！"

美人拉起士人妻就走。

美人走得很快，像飞一样。

（她的披风飘了起来。）

士人妻也走得很快，像飞一样。

《聊斋》新义两篇

她想：我原来能走得这样轻快！

走了很远很远。

去了好大一会。美人伸手一指。

"来了。"

士人妻一看：丈夫来了，骑了一匹白骡子。

士人见了妻子，大惊，急忙下了坐骑，问：

"上哪儿去？"

美人说："要去探望你。"

士人问妻子："这是谁？"

妻子没来得及回答，美人掩口而笑说："先别忙问这问那，娘子奔波不易，郎君骑了一夜牲口，都累了。骡子也乏了。我家不远，先到我家歇歇，明天一早再走，不晚。"

顺手一指，几步以外，就有个村落。

已经在美人家里了。

有个小丫头，趴在廊子上睡着了。

美人推醒小丫头："起来起来，来客了。"

美人说："今夜月亮好，就在外面坐坐。石台、石榻，随便坐。"

士人把骡子在檐前梧桐树上拴好。

大家就坐。

不大会，小丫头捧来一壶酒，各色果子。

美人斟了一杯酒,起立致词:

"鸾凤久乖,圆在今夕,浊醪一觞,敬以为贺。"

士人举杯称谢:

"萍水相逢,打扰不当。"

主客谈笑碰杯,喝了不少酒。

饮酒中间,士人老是注视美人,不停地和她说话。说的都是风月场中调笑言语,把妻子冷落在一边,连一句寒暄的话都没有。

美人眉目含情,和士人应对。话中有意,隐隐约约。

士人妻只好装呆,闷坐一旁,一声不言语。

美人海量,嫌小杯不尽兴,叫取大杯来。

这酒味甜,劲足。

士人说:"我不能再喝,不能再喝了。"

"一定要干了这一杯!"

士人乜斜着眼睛,说:"你给我唱一支曲儿,我喝!"

美人取过琵琶,定了定弦,唱道:

　　黄昏卸得残妆罢,

　　窗外西风冷透纱。

　　听蕉声,一阵一阵细雨下,

　　何处与人闲磕牙?

　　望穿秋水,

不见还家。

渐渐泪似麻。

又是想他,

又是恨他,

手拿着红绣鞋儿占鬼卦。

士人妻心想:这是唱谁呢?唱我?唱她?唱一个不知道的人?

她把这支小曲全记住了。清清楚楚,一字不落。

美人的声音很甜。

放下琵琶,她举起大杯,一饮而尽。

她的酒上来了。脸上红扑扑的,眼睛水汪汪的。

"我喝多了,醉了,少陪了。"

她歪歪倒倒地进了屋。

士人也跟了进去。

士人妻想叫住他,门已经关了,插上了。

"这算怎么回事?"

半天,也不见出来。

小丫头伏在廊子上,又睡着了。

月亮明晃晃的。

"我在这儿呆着干什么?我走!"

可是她不认识路,又是夜里。

士人妻的心头猫抓的一样。

她想去看看。

走近窗户,听到里面还没有完事。

美人娇声浪气,声音含含糊糊。

丈夫气喘嘘嘘,还不时咳嗽,跟往常和自己在一起时一样。

士人妻气得双手直抖。

心想:我不如跳河死了得了!

正要走,见兄弟三郎骑一匹枣红马来了。

"你怎么在这儿?"

"你快来,你姐夫正和一个女人做坏事哪!"

"在哪儿?"

"屋里。"

三郎一听,里面还在唧唧哝哝说话。

三郎大怒,捡了块石头,用力扔向窗户。

窗棂折了几根。

只听里边女人的声音:"可了不得啦,郎君的脑袋破了!"

士人妻大哭:

"我想不到你把他杀了,怎么办呢?"

三郎瞪着眼睛说:

"你叫我来,才出得一口恶气,又护汉子,怨兄弟,我不能听你支使。我走!"

士人妻拽住三郎衣袖:

"你上哪儿去?你带我走!"

"去你的!"

三郎一甩袖子,走了。

士人妻摔了个大跟头。她惊醒了。

"啊,是个梦!"

第二天,士人果然回来了,骑了一匹白骡子。士人妻很奇怪,问:

"你骑的是白骡子?"

士人说:"这问得才怪,你不是看见了吗?"

士人拴好骡子。

洗脸,喝茶。

士人说:"我昨天晚上做了一个梦。"

"一个什么样的梦?"

士人从头至尾述说了一遍。

士人妻说:"我也做了一个梦,和你的一样,我们俩做了同一个梦!"

正说着,兄弟三郎骑了一匹枣红马来了。

"我昨晚上做梦,姐夫回来了,你果然回来了!——你没事?"

"有人扔了块大石头,正砸在我脑袋上。所幸是在梦里,没事!"

"扔石头的是我!"

三人做了一个梦!

士人妻想:怎么这么巧呀?若说是梦,白骡子、枣红马,又都是实实在在的。这是怎么回事呢?那个披绛色披风的美人又是谁呢?

正在痴呆呆的想,窗外官河里有船扬帆驶过,船上有人弹琵琶唱曲,声音甜甜的,很熟。推开窗户一看,船已过去,一角绛色披风被风吹得搭在舱外飘飘扬扬了:

黄昏卸得残妆罢,

窗外西风冷透纱……

附记:此据《凤阳士人》改写。说是"新义",实不新,我只是把结尾改了一下。

一九八九年八月二日

新笔记小说三篇

明 白 官

(出《聊斋志异》)

《聊斋志异·郭安》记的是真人真事,不是鬼狐故事,没有任何夸张想象,艺术加工。

孙五粒有个男佣人。——孙五粒原名孙秠,后改名柏龄[1],字五粒。孙之獬之子,孙琰龄之兄,明崇祯六年举人,清顺治三年进士。历任工科、刑科给事中,礼部都给事中,太仆寺少卿,迁鸿胪寺卿,转通政使司左通政使。 孙家一

---

* 初刊于《上海文学》一九九二年第一期,初收于北师大版《汪曾祺全集》第二卷。
1 "柏龄"应为"珀龄"。——编者注

门显宦,又是淄川人,和蒲松龄是小同乡。在淄川,一提起孙五粒,是没有人不知道的,因此蒲松龄对他无须介绍。但是外地的后代的人就不知孙五粒是谁了,所以不得不噜苏几句。——这个男佣人独宿一室,恍恍惚惚被人摄了去。到了一处宫殿,一看,上面坐的是阎罗王。阎罗看了看这男佣人,说:"错了!要拿的不是此人。"于是下令把他送回去。回来后,这男佣人害怕得不得了,不敢再一个人住在这间屋子里,就换了个地方,住到别处去了。

另外一个佣人,叫郭安,正没有地方住,一看这儿有空屋子空床,"行!这儿不错!"就睡下了。大概是带了几杯酒,一睡,睡得很实。

又一个佣人,叫李禄。这李禄和那被阎王错勾过的男佣人一向有仇,早就想把这小子宰了。这天晚上,拿了一把快刀,到了空屋里,一看,门没有闩,一摸,没错!咔嚓一刀!谁知道杀的不是仇人,是郭安。

郭安的父亲知道儿子被人杀了,告到当官。

当时的知县是陈其善。

陈其善是辽东人,贡士。顺治四年任淄川县知县。顺治九年,调进京,为拾遗。那么陈其善审理此案当在顺治四——九年之间,即一六四七——一六五二,距现在差不多三百三十年。[1]

陈其善升堂。

原告被告上堂,陈其善对双方各问了几句话。李禄供认不讳,是他杀了郭安。陈其善沉吟了一会,说:"你不是存心杀他,是误杀。没事了,下去吧。"郭安的父亲不干了,哭着喊着:"就这样了结啦?我的儿子就白死啦?我这多半辈子就这一个儿子,他死了,我靠谁呀?"——"哦,你没有儿子了?这么办,叫李禄当你的儿子。"郭安的父亲说:"我干嘛要他当我的儿子呀?——我不要,不要!"——"不要不行!退堂!"

蒲松龄说:这事儿奇不奇在孙五粒的男佣人见鬼,而奇在陈其善的断案。

(汪曾祺按:孙五粒这时想必不在淄川老家。要不然,家里奴仆之间出了这样的事,他总得过问过问。)

济南府西部有一个县,有一个人杀了人,被杀的那人的老婆告到县里。县太爷大怒,出签拿人,把凶犯拘到,拍桌大骂:"人家好好的夫妻,你咋竟然叫人家守了寡了呢!现在,就把你配了她,叫你老婆也守寡!"提起硃笔,就把这两人判成了夫妻。

济南府西县令是进士出身。蒲松龄曰:"此等明决,皆

---

[1] "三百三十年"应为"三百四十年"。——编者注

是甲榜所为,他途不能也。"——这样的英明的判决,只有进士出身的官才作得出,非"正途"出身的县长,是没有这个水平的。

不过,陈其善是贡生,不算"正途",他判案子也这个样子。蒲松龄最后赞叹道:"何途无才!"不论由什么途径而做了官的,哪儿没有人才呀!

一九九一年七月四日

樟 柳 神

(出《夜雨秋灯录》)

张大眼是个催租隶。这天,把租催齐了,要进城去完秋赋。这时正是秋老虎天气,为了赶早凉,起了个五更。懵懵懂懂,行了一气。到了一处,叫做秋稼湾,太阳上来了,张大眼觉得热起来。看了看,路旁有一户人家,茅草屋,门关着,看样子,这家主人还在酣睡未起。门外,搭着个豆花棚,为的是遮阴。豆花棚耷拉过来,接上了几棵半大柳树。下面有一条石凳,干干净净的。一摸,潮乎乎的,露水还没干。掏出布手巾来擦了擦。

"歇会儿呗!"

张大眼心想:这会城门刚开,进城的,出城的,人多,等乱劲儿过去了,再说。好在离城也不远了。

"抽袋烟!"

嚓嚓嚓,打亮火石,点着火绒,咝——吸了一口,"咿!好烟!"

张大眼正在品烟,听到有唱歌的声音。声音挺细,跟一只小秋蝈蝈似的。听听,唱的是什么?

郎在东来妾在西,

少小两个不相离。

自从接了媒红订,

朝朝相遇把头低。

低头莫碰豆花架,

一碰露水湿郎衣。

唔?

张大眼听得真真的,有腔有字。是怎么回事?

张大眼四处这么一找:是一个小小婴儿,两寸来长,眉清目秀、唇红齿白,穿一个红兜兜,光着屁股,笑嘻嘻的,在豆花穗上一趫一趫地跳。张大眼再一看,原来这小人的颈子上拴着一根头发丝,头发丝扣在豆花棚缝里的芦苇秆上,他跑不了,只能一趫一趫地跳。张大眼心想:这是个樟柳神!他看看路边的茅屋:一定有个会法术的人在屋里睡觉,昨天晚上把樟柳神拴在这儿,让他吃露水。张大眼听人说过樟柳神,这一定就是!他听说过,樟柳神能未卜先知,有什么事将要发生,他早就料到。捉住他,可以消灾免祸。于是张大眼掐断了头发丝,把樟柳神藏在袖子里,让他在手腕上呆着。

可樟柳神不肯老实呆着,老是一蹦一蹦的。张大眼就把他取出来,放在斗笠里,戴在头上。这一下,樟柳神安生了,不蹦了,只是小声地说话:

张大眼,

好大胆,

捉住咱,

一千铜钱三十板。

张大眼想:这才是没影子的事!钱粮如数催齐,我身无过犯,会挨三十板?不理他!他把斗笠按了按,低着头噌噌噌噌往城里走。

不想刚进城,听得一声大喝:

"拿下!"

张大眼瞪着两只大眼。

原来这天是初一,县官王老爷出城到东岳庙行香,张大眼早晨起冒了,懵里懵懂,一头撞在喝道的锣夫的身上,把锣夫撞了个仰八交，哐啷一声，锣也甩出去老远。王老爷推开轿帘，问道："什么人？"衙役们七手八脚把张大眼摁倒在地。张大眼不知道咋的，一句话也回不出来，只是不停地喘气，大汗珠子直往下掉。"看他神色慌张，必定不是好人。来！打他三十板！"衙役褪下张大眼的裤子，张大眼趴在大街上，哈哈大笑。"你笑什么？打你屁股，你不怕疼，还笑？"张大眼说："我早知道今天要挨三十个板子。"——"你怎么知道？"张大眼于是把他怎么催租，怎么路过秋稼湾，怎么在豆花棚上看到一个樟柳神，樟柳神是怎么怎么说的，一五一十，说了个备细。

"你有樟柳神？"

"有。"

"呈上来！"

县太爷把樟柳神放在轿子里的伏手板上，樟柳神直跟他点头招手，笑嘻嘻的。

"樟柳神归我了。来，赏他——你叫什么？"

"张大眼。"

"赏张大眼一千铜钱！"

"禀老爷，樟柳神爱在斗笠里呆着。"

"那成，我让他呆在我的红缨大帽里。——起轿！"

"喳！"

王老爷得了樟柳神,心想:这可好了,我以后审案子,不管多么疑难,只要问他,是非曲直,一断便知。我一向有些糊涂,从今以后,清如水,明如镜,这锦绣前程么,是稳拿把掐的了!

于是每次升堂,都在大帽里藏着樟柳神。不想樟柳神一声不言语。

王老爷退堂,问樟柳神:

"你怎么不说话?"

樟柳神说:

"老爷去审案,

按律秉公断。

问我樟柳神,

要你做什么?——吃饭?"

当县官的,最关心的是官场的浮沉升降,乃至变法维新,国家大事。王老爷对自己的进退行止,拿不定主意,就请问樟柳神。樟柳神说:

"大事我了然,

就是不说破。

问我为什么,

我也怕惹祸。"

"你是神,你还怕惹祸?"

"瞧你说的!神就不怕惹祸?神有神的难处。"

樟柳神倒也不闲着,随时向王老爷报一些事。

一早起来,说:

"清早起来雾漫漫,

黑鸡下了个白鸡蛋。"

到了前半晌,说:

"黄牛角,

水牛角,

牛打架,

角碰角。"

到快中午了,说:

"一个面铺面冲南,

三个老头来吃面。[1]

一个老头吃半斤,

三个老头吃斤半。"

到了夜晚,王老爷困得不得了,摘下了大帽,歪靠在榻上,迷迷糊糊睡着了,听见樟柳神在大帽里又说又唱:

"唧唧唧,啾啾啾,

老鼠来偷油。

乒乒乓乓——噗,

---

[1] "三个老头来吃面"初刊本脱文,据作者手校本补。——编者注

吱溜!"

王老爷一激灵,醒了。

"乓乓乓乓?"

"猫来了,猫追老鼠。"

"噗?"

"猫追老鼠,碰倒了油瓶,——噗!"

"吱溜?"

"老鼠跑了。"

樟柳神老是在王老爷耳朵根底下说这些少盐没醋的淡话,没完没了,弄得王老爷实在烦得不行,就从大帽下面把他捏出来,摔到窗外。

不想,一会儿就又听到帽子底下一趔一趔地蹦。老爷掀开大帽:

"你怎么又回来啦?"

"请神容易送神难。"

"你是不是要跟着我一辈子?"

"那没错!"

附　记

宣鼎，号瘦梅，安徽天长人，生活于同光间，曾在我的故乡高邮住过，在北市口开一家书铺，兼卖画。我的祖父曾收得他的一幅条山。《夜雨秋灯录》是他的主要的笔记小说。也许因为他是高邮隔湖邻县的文人，又在高邮住过，所以高邮人不少看过他的这本书。《夜雨秋灯录》的思想平庸，文笔也很酸腐，只有这篇《樟柳神》却很可喜，樟柳神所唱的小曲尤其清新有韵致。于是想起把这篇东西用语体文重写一遍。前面一部分基本上是按原文翻译，结尾则以己意改作。这样的改变可能使意思过于浅露、少蕴藉了。

一九九一年六月三十日

牛　飞

（据《聊斋志异》）

彭二挣买了一头黄牛。牛挺健壮，彭二挣越看越喜欢。夜里，彭二挣做了个梦，梦见牛长翅膀飞了。他觉得这梦不好，要找人详这个梦。

村里有伫老头，有学问，有经验，凡事无所不知，人称"三老"。彭二挣找到三老，三老正在丝瓜架底下抽烟说古。三老是：甲、乙、丙。

彭二挣说了他做了这样一个梦。

甲说："牛怎么会飞呢？这是不可能的事！"

乙说："这也难说。比如说，你那牛要是得了瘟，死了，或者它跑了，被人偷了，你那买牛的钱不是白扔了？这不就是飞了？"

丙是思想最深刻的半大老头，他没十分注意听彭二挣说他的梦，只是慢悠悠地说："啊，你有一头牛？……"

彭二挣越想越嘀咕，决定把牛卖了。他把牛牵到牛市上，豁着赔了本，贱价卖了。卖牛得的钱，包在手巾里，怕丢了，把手巾缠在胳臂上，往回走。

走到半路，看见路旁豆棵里有一只鹰，正在吃一只兔子，已经吃了一半，剩下半只，这鹰正在用钩子嘴叼兔子内脏吃，吃得津津有味。彭二挣轻手轻脚走过去，一伸手，把鹰抓住了。这鹰很乖驯，瞪着两只黄眼珠子，看着彭二挣，既不鸹人，也没有怎么挣蹦。彭二挣心想：这鹰要是卖了，能得不少钱，这可是飞来的外财。他把胳臂上的手巾解下来，用手巾一头把鹰腿拴紧，架在左胳臂上，手巾、钱，还在胳臂上缠着。怕鹰挣开手巾扣,便老是用右手把着鹰。没想到,飞来一只牛虻,在二挣颈子后面猛叮了一口,彭二挣伸右手拍牛虻,拍了一手血。就在这功夫,鹰带着手巾飞了。

彭二挣耷拉着脑袋往回走,在丝瓜棚下又遇见了三老,他把事情的经过,前前后后,跟三老一说。

三老甲说:"谁让你相信梦!你要不信梦,就没事。"

乙说:"这是天意。不过,虽然这是注定了的,但也是咎由自取。你要是不贪图外财,不捉那只鹰,鹰怎么会飞了呢?牛不会飞,而鹰会飞。鹰之飞,即牛之飞也。"

半大老头丙曰:

"世上本无所谓牛不牛,自然也即无所谓飞不飞。无所谓,无所谓。"

一九九一年七月八日

虎 二 题
——《聊斋》新义

老虎吃错人

山西赵城有一位老奶奶,穷得什么都没有。同族本家,都很富足,但从来不给她一点赒济,只靠一个独养儿子到山里打点柴,换点盐米,勉强度日。一天,老奶奶的独儿子到山里打柴,被老虎吃了。老奶奶进山哭了三天,哭得非常凄惨。

老虎在洞里听见老奶奶哭,知道这是它吃的那人的老母亲,老虎非常后悔。老虎心想:老虎吃人,本来不错。老虎

---

* 初刊于《小说林》一九九二年第一期,初收于北师大版《汪曾祺全集》第二卷。

嘛，天生是要吃人的。如果吃的是坏人——强人，恶人，专门整人的人，那就更好。可是这回吃的是一个穷老奶奶的儿子，真是不应该。我吃了她儿子，她还怎么活呀？老奶奶哭得呼天抢地，老虎听得也直掉泪。

老奶奶哭了三天，愣了一会，说："不行！我得告它去！"

老奶奶到了县大堂，高喊"冤枉！"

县官升堂，问老奶奶："告什么人？"

"告老虎！"

"告老虎？"

老奶奶把老虎怎么吃了她的独儿子，哭诉了一遍。这位县官脾气倒挺好，笑笑地对老奶奶说："我是县官，治理一方，我可管不了老虎呀！"

"你不管老虎，只管黄鼠狼？"

衙役们一齐吼叫：

"喊！不要胡说！"

衙役们要把老奶奶轰下堂，老奶奶死活不走，拍着县大堂的方砖地，又哭又闹。县官叫她闹得没有办法，只好说："好好好，我答应你，去捉这只老虎。"这老奶奶还挺懂衙门里的规矩，非要老爷发下火签拘票不可。县官只好填了拘票，掣出一支火签。可是，叫谁去呀？衙役们你看看我，我看看你，并无一人应声。有一个衙役外号二百五，做事缺心眼，还爱喝酒，这天喝得半醉了，站出来说："我去！"二百五当堂接了火签拘票，老奶奶才走。县官退堂，不提。

二百五回家睡了一觉，酒醒了，一摸枕头旁边的火签拘票："唔？我又干了什么缺心眼的事了？"二百五的心思，原想做一出假戏，把老奶奶糊弄走，好给老爷解围，没想到这火签拘票是动真格的官法，开不得玩笑的。拘票上批明了比限日期，过期拘不到案犯，是要挨板子的。无奈，只好求老爷派几名猎户陪他一块进山，日夜在山谷里猫着，希望随便捕捉一只老虎，就可以搪塞过去。不想过了一个月，也没捉到一根老虎毛。二百五不知挨了多少板子，屁股都打烂了，只好到东门外岳庙去给东岳大帝烧香跪拜，求东岳大帝庇佑，一边说，一边哭。哭拜完了，转过身，看见一只老虎从外面走了进来。二百五怕老虎吃他，直往后退。咳，老虎进来，往门当中一蹲，一动不动，不像要吃人的样子。二百五乍着胆子，问："是是是你吃了老奶奶奶奶的儿儿儿子吗？"老虎点点头。"是你吃了老奶奶的儿子，你就低下脑袋，让我套上铁链，跟我一起去见官。"老虎果然把脑袋低了下来。二百五抖出铁链，给老虎套上，牵着老虎到了县衙。

县官对老虎说："杀人偿命，律有明文。你是老虎，我不能判你个斩立绝[1]、绞监候。不过，你吃了老奶奶的独儿

---

[1] "斩立绝"疑为"斩立决"。——编者注

子,叫她怎么生活呢?这么着吧,你如果能当老奶奶的儿子,负责赡养老人,我就判你个无罪释放。"老虎点点头。县官叫二百五给它松了铁链,老虎举起前爪冲县官拜了一拜,走了。

老奶奶听说县官把老虎放了,气得一夜睡不着。天亮开门,看见门外躺着一头死鹿。老奶奶把鹿皮鹿肉鹿角卖了,得了不少钱。从此,隔个三五天,老虎就给老奶奶送来一头狍子、一头獐子、一头麂子。老奶奶知道老虎都是天不亮送野物来,就开门等着它。日子长了,就熟了。有时老虎来了,老奶奶就对老虎说:"儿你累了,躺下歇会吧。"老虎就在房檐下躺下。人在屋里躺着,虎在屋外躺着,相安无事。

街坊邻居知道老奶奶家躺着老虎,都不敢进来,只有二百五敢来。他和老虎混得很熟,二百五跟它说点什么,老虎能懂。老虎心里想什么,动动爪子,摇摇尾巴,二百五也能明白。

老奶奶攒了不少钱,都放在一口白木箱子里。老奶奶对老虎说:"这钱是你挣的!"老虎笑了,点点头。

老奶奶死了。

二百五来了,老虎也来了。

老虎指指那口白木箱,示意二百五抱着。二百五不知道要他去干什么。老虎咬着他的衣角,走到一家棺材铺,指指。二百五明白了,它要给老娘买口棺材。二百五照办了。老虎又咬着二百五的衣角,二百五跟着它走。走到一家泥瓦匠门前,老虎又指指。二百五明白了,它要给老娘修一座坟。二百五也照办了。

老虎对二百五拱拱前爪,进山了。

箱子里还剩不少钱,二百五不知道怎么处置,除了给自己买一瓶汾酒,喝了,其余的就原数封存在老奶奶的屋里。

老奶奶安葬时倒很风光,同族本家:小叔子、大伯子、八侄儿、九外甥披麻戴孝,到坟墓前致礼尽哀。致礼尽哀之后,就乱打了起来。原来他们之来,是知道老奶奶留下不少钱,来议论如何瓜分的。瓜分不均,于是动武。

正在打得难解难分,听得"呜——喀"一声,全都吓得四散奔逃:老虎来了。老虎对这些小叔子、大伯子、八侄儿、九外甥,每一个都尽到了礼数,平均对待,在每个人小腿上咬了一口。

剩下的钱做什么用处呢?二百五问老虎。老虎咬着他的衣角,到了一家银匠铺,指指柜橱里挂着的长命锁。

"你,要,打,一,副,长,命,锁?"

老虎点点头。

"锁上錾什么字?——'长命百岁'?"

老虎摇摇头。

"那么,'永锡遐昌'?"

老虎摇摇头。

"那錾什么字?"

老虎比划了半天,二百五可作了难,左思右想,豁然明白了,问老虎:

"给你錾四个字:'专吃坏人'?"

老虎连连点头。

银匠照式做好。二百五给老虎戴上。

呜喝一声,老虎回山了。

从此,凡是自己觉得是坏人的人,都不敢进这座山。

人变老虎

太原向杲,不好学文,而好习武,为人仗义,爱打抱不平。和哥哥向晟感情很好。向晟是个柔弱书生。但因为有这样一个弟弟,在地方上也没人敢欺负他。

向晟和一个妓女相好。这个妓女名叫波斯,长得甭提多好看了。向晟想娶波斯,波斯也愿嫁向晟,只是因为波斯的养母要的银子太多,两人未能如愿。一年二年,波斯的养母年纪也大了,想要从良,要从良,得把波斯先嫁出去。有个庄公子，有钱有势，不但在太原，在整个山西也没人敢惹他。庄公子一向也喜欢波斯，愿意纳她为妾。养母跟波斯商量。波斯说："既是想一同跳出火坑，就该一夫一妻地过个正经日子。这就是离了地狱进天堂了。若是做一房妾，那跟当妓女也差不了一萝卜皮，我不愿意。"——"那你的意思？"——"您要是还疼我，肯随我的意，那我嫁向晟！"养母说："行！我把身价银子往下压压。"养母把信儿透给向晟，向晟竭尽家产，把波斯聘了回来。新婚旧好，恩爱非常。

庄公子听说波斯嫁了向晟，大发雷霆。一来，他喜欢波斯；二来，一个穷书生夺了他看中的人，他庄公子的面子往哪搁？一天，庄公子骑着高头大马，带领一帮家丁，出城行猎。家丁一手拿着笛竽吹管，一手提着马棒——驱赶行人给公子让路。浩浩荡荡，好不威风。将出城门，迎面碰见向晟。庄公子破口大骂：

"向晟，你胆敢娶了波斯，你问过我吗？"

"我愿娶，她愿嫁，与别人无干。"

"你小子配吗？"

"我家世世代代，清清白白，咋不配？"

"你小子还敢犟嘴！"

喝令家丁："给我打！"

家丁举起马棒，把向晟打得头破血流，鼻青脸肿。抬回家来，只剩一口气。

向杲听到信，赶奔到哥哥家里，向晟已经断气，新嫂子波斯伏在尸首上大哭。

向杲写了状子，告庄公子。县署府衙，节节上告。不想县尊府尹全都受了庄家的贿赂，告他不倒。

向杲跪倒在向晟灵前，说："哥哥，兄弟对不起你！"

波斯在一旁，说：

"这仇，咱们就这么咽下去了？你平时行侠仗义的，怎么竟这样没有能耐！我要是男子汉，我就拿把刀宰了他！"向杲眼珠子转了几转，一跺脚，说："嫂子，你等着！我要是不把这小子的脑袋切下来，我就再不见你的面！"

向杲揣了一把蘸了见血封喉的毒药的匕首，每天藏伏在山路旁边的葛针棵里，等着庄公子。一天两天，他的行迹渐渐被人识破。庄公子于是每次出来，都多带家丁护卫，又请了几位出名的武师当保镖，照样耀武扬威，出城打猎。而且每到林莽丛杂之处，还要大声叫阵：

"向杲，你想杀我，有种的，你出来！"

向杲肺都气炸了。但是，无计可施。他还是每天埋伏，等待机会。

一天，山里下了暴雨，还夹着冰雹，打得向杲透不过气来。不远有一破破烂烂的山神庙，向杲到庙里暂避。一进

门,看见神庙后的墙上画着一只吊睛白额猛虎,向杲发狠大叫:

"我要是能变成老虎就好了!"

"我要是能变成老虎就好了!"

"我要是能变成老虎就好了!"

喊着喊着,他觉得身上长出毛来,再一看,已经变成一只老虎。向杲心中大喜。

过不两天,庄公子又进山打猎。向杲趴在山洞里,等庄公子的人马走近,突然蹿了出来,扑了上去,一口把庄公子的脑袋咬下来,咔嚓咔嚓,嚼得粉碎,然后"呜嗯"一声,穿山越涧而去,倏忽之间,已无踪影。

向杲报了仇,觉得非常痛快,在山里蹦蹦跳跳,倒也自在逍遥。但是他想起家中还有老婆孩子,我成了老虎,他们咋过呀?而且他非常想喝一碗醋。他心想:不行,我还得变回去,我还得变回去,我还得变回去。想着想着,他觉得身上的毛一根一根全都掉了。再一看,他已经变成一个人了,他还是向杲。只是做了几天老虎,非常累,浑身没有一点力气。

向杲摇摇晃晃,扶墙摸壁,回到自己家里。进了门,到柜橱里搬出醋缸子,咕嘟咕嘟喝了一气,然后往床上一躺。

家里人正奇怪,他失踪了好多天,上哪儿去了?问他,他说不出话，只摆摆手，接着就呼呼大睡。

一连睡了三天。

波斯听说兄弟回来了，特地来看看，并告诉他，庄公子脑袋被一只老虎咬掉了。向杲叫家里人关上门，悄悄地说："老虎是我。我变的。千万不敢说出去！可不敢[1]！"

日子久了，向杲有个小儿子，跟他的小伙伴们说："庄公子的脑袋是我爸爸咬掉的。"

庄公子的老太爷知道了，写了一张状子，到县衙告向杲，说向杲变成老虎，咬掉他儿子的脑袋。县官阅状，觉得过于荒诞，不予受理。

一九九一年十月十二日

1　山西话"不敢"是不能的意思。

释迦牟尼

释迦牟尼是世界三大宗教之一佛教的创始人,中国民间称为如来佛。

释迦牟尼之时代,约在公元前六世纪中叶,距今二千六百年,相当于中国春秋时代,与孔子同时。

"释迦"是族名,"牟尼"是圣者。当时印度,凡有大智慧者,皆得称为"牟尼"。"释迦牟尼"意为释迦族之圣人。

太子降生

释迦牟尼成佛之前,姓乔答摩,名悉达多。他是古印度

---

* 初收于《世界历史名人画传·释迦牟尼》。

北部迦毗罗卫国国王净饭王长子。母亲是拘利族天臂城主善觉大王胞妹摩耶。

净饭王智深德高，勤政爱民。摩耶夫人端庄美丽，性情贤淑。结婚之后，夫妇感情和美，如同花露石蜜。

一日，净饭王偕夫人摩耶在花园闲步，看见母鹿乳子。小鹿仰头拱乳，母鹿眼色温柔。摩耶夫人顾视良久，忽然流泪。王即惊问：以何缘故，而致悲伤。原来摩耶夫人，美而无子。年近四十，膝下犹虚。看见母鹿乳子，不禁触景生情。

尔时摩耶夫人即劝净饭王多纳嫔妾，俾生子嗣，而继王统。净饭王云：即断子嗣，誓不再娶。

一天夜晚，摩耶夫人在花园中入睡，梦见六牙白象，自天而降。象体俊美，如银如雪。款款而来，入于夫人右胁。摩耶夫人醒来，觉得身心格外舒畅。

夫人对王言及。王召卜者。卜者说，是当生子，福荫天人，贵不可言。

不久，摩耶夫人告诉净饭王，自身已有孕。王极欢喜，命诸婇女，小心伺候夫人。衣必绮丽柔软，食必甘美洁净。

转眼之间，夫人怀孕，已近足月。按照古代印度风俗，须回娘家生产。夫人起程，往天臂城。净饭王敕其从人，于夫人所经行处，洒扫布置，务要严净。

途经蓝毗尼园,夫人喜其幽静,欲小憩。园中有一大树,名无忧树,华色香鲜,枝叶茂盛。摩耶夫人举起右手,想摘一枝。尔时太子即渐渐从夫人右胁生出。摩耶夫人不觉得有何痛苦。

于时树下生出七茎莲花,大如车轮。出世的太子落于莲花上。无人扶持,自行七步,举起右手(一说一手指天,一手指地)而作狮子吼[1]:

  我于一切天人之中,最尊最胜,无量生死,于今尽矣[2]。此生利益一切天人[3]。

言毕,有净水两条,从天空泻下,一水温暖,一水清凉,供太子沐浴。浴后拭身,有天衣一袭,从空飘落,覆盖太子。

太子降生,有种种瑞象。已经燃尽的柴薪复又炽盛;混浊的流水变得清净透明;枯树重新发芽;已经过了季节的花再次开放;平时乱叫不停的禽兽显得格外安静;有病者自然痊愈;凶恶的人一时也生出慈悲心;虐民的暴君也变得贤明了。即使深居僻野的村民,也都见到这些稀有瑞象,无不欢喜赞叹。

---

1 佛家谓法音声震动世界,如狮子吼。
2 佛家相信轮回转世,释迦牟尼生后即不再转世。
3 一说"我于人天之中,最尊最胜"。

悉达多太子生后七天,母亲摩耶夫人就死了。他是由摩耶夫人的妹妹,他的姨母摩诃波阇波提抚育长大的。

太子从七岁时起,净饭王即为他延聘名师课读。当时印度的最高学业是五明和四吠陀。

五明是:

声明(语文学)

工巧明(工艺学)

医方明(医药学)

因明(论理学)

内明(宗教学)

四吠陀是:

梨俱吠陀(养生之法)

傞马吠陀(祭祀祝词)

夜柔吠陀(兵法)

阿闼吠陀(咒术)

十二岁起,太子开始习武。兵戎法式,各种武器,都渐渐娴熟精通。

净饭王欲试国中少年筋力,乃令诸释种中五百童子较量射箭,令射铁鼓[1]。太子悉达多、太子亲弟难陀、堂弟提婆达多也同时参加。难陀、提婆达多皆射穿三鼓。比及太子,射

1　铁鼓形制未详。

师便授与一弓,太子含笑而问之:"以此与我,欲作何事?"射师言:"欲令太子射此铁鼓。"太子言:"此弓力弱,更觅强者。"诸臣答言:"太子祖王有一良弓,今在王库。"太子言:"即可将来。"太子满引宝弓,一箭射穿七鼓。于时五百童子,齐声欢呼,山鸣谷应。

净饭王闻知太子既精术算,又娴武艺,传国有人,深为欣幸。

悉达多是印度的美男子。他有三十二"相",七十种"好"[1],威仪俱足、慈祥安静,使人见而生敬,如沐春风。他的皮肤是深色的,据诸佛经,或云"金色相,其色微妙胜阎浮檀金",或云"身作紫金色"。据此可以断定,释迦牟尼不属于白色的雅利安人种。

出　家

出家并非自释迦牟尼开始。

当时印度,实行家长制度。凡为家长,有"四住期",即学生期、住家期、林栖期、游行期。学生期拜师学习。住

---

[1] "相好"是佛教用语。三十二"相",《释迦谱》有较详的记述。七十种"好"(一说八十种"好"),尚未见具体记载。

家期结婚，教育子女，履行家庭及社会责任。等到子女成人，本人亦垂垂渐老，即摒弃世俗生活，到山林间静修，是为林栖期，即通常所说"出家"。林栖期中，如感到大限将至，即动身旅游各地，以终天年，为游行期。亦有未至林栖期，为了穷究人生宇宙哲理而出家者，被称为"修拉摩拿"，俗称"仙人"。凡佛经中所谓"仙人"，都是潜修有悟的智者，与中国的概念不同。

先是，太子初生时，有阿私陀仙人曾为太子看相，预言："有如此相好之身，若在家者，年一十九，为转轮圣王；若出家者，成一切种智，广济天人。然王太子必当学道……"（《释迦谱》）净饭王极为担心，深恐太子早岁出家，为"修拉摩拿"。

净饭王欲以俗世五欲牵系太子，为之建造"三时殿"，温凉寒暑，各有异处。其殿皆以七宝庄严。又选择五百妓女，形容端正，不肥不瘦，不长不短，不白不黑，才能巧妙，各兼数技，皆以名宝璎珞其身，轮番宿卫，侍候太子。净饭王为防太子弃家学道，令巧匠设法，使其城门开闭之声闻四十里（出《因果经》）。太子身在宫中，郁郁不乐。

太子十七岁（一说十九岁），净饭王集诸臣共议，太子已经长大，宜为婚娶。太子乃纳天臂城主之女耶输陀罗为妃。

据《十二游行经》说，太子有三夫人。

耶输陀罗生一子，名罗睺罗。

关于太子生子，诸说不同。一般传说，太子以左手指耶输陀罗之腹，耶输陀罗便即受胎。《本说一切有部律破僧事》则云：

> 尔时菩萨在于宫中嬉戏之处，私自念言：我今有三夫人及六万媒女，若不与其为俗乐者，恐诸外人云我不是丈夫，我今当与耶输陀罗共为娱乐。其耶输陀罗因即有娠。

诸说相较，以此较为合理。

太子娶妻生子，依然郁郁不乐。

当时印度社会，分为四个阶级（四种姓）：

一、婆罗门　是古印度祭司后裔，具有无上权威，凭借一部《摩奴法典》，强制其他阶级，必须绝对服从。

二、刹帝利　与婆罗门同为受尊敬王族，其领地内一切财富、土地、人民皆为所有。

三、吠舍　即农工商阶级，终年劳动，无受教育机会，每每忍受婆罗门及刹帝利欺凌压迫。

四、首陀罗　最为低下，婆罗门认为他们生来卑贱。

《摩奴法典》有如下记载:"初生的人[1]就是首陀罗。若他们以骂詈的言语侮辱再生的人,就要断他们的舌头;若他们举出再生人的名或姓来侮辱,就要用烧红的铁针插进他们的口中;若他们不接受婆罗门的指示,则王者可命令用热油灌入他们的耳里或口中。"首陀罗是贱民,凡婆罗门、刹帝利、吠舍都不能与之接触,谓之"不可触者"。

悉达多虽属于刹帝利王族,但对阶级之间的差异如此悬殊,深为不满。其后佛陀倡言"四姓平等",此种思想盖于年轻时已经形成。

太子至王田所,见农夫耕地,翻出昆虫,即有群鸟,前来啄食。太子念弱肉强食,彼此残害,无有已时,感叹唏嘘,心生悲悯。

太子愁思郁结,乃启净饭王,欲往城外园林散闷。净饭王即命驭者车匿谨慎驾车,令都城街道皆以香花宝幔装饰,并嘱随行大臣观察太子颜色,一喜一悲,回来都要报告。

太子始出东门,远远看见一人,头白如雪,皮松肌皱,弯腰驼背,拄杖而行,颤颤巍巍,衰弱疲惫,便问车匿:"这人是怎么回事?他是生来如此,还是后来变成这样呢?"

车匿嗫嚅片时,只有照实回答:

---

[1] 古印度人相信轮回,除首陀罗外,皆有一次又一次的前生,唯首陀罗乃是初次为人。

"这是一位老人。当他初生时,只是吸饮母乳的婴儿。稍稍长大,渐能食谷,渐能学语,能直立,能行走。比及壮年,为欲望所役,精力逐渐衰竭,如砂渗水;耳失其聪,眼失其明,如同野火,延烧大泽,是名为老。"

太子问:"是他一人会老,还是所有的人都会老呢?"

车匿回答:

"人生在世,概不能免。贫富贵贱,终须老去。我们此刻,也正在一步一步,走向衰老。"

太子听言,如闻雷震,浑身战栗。念一切众生,体魄健壮,力量充盈,只是瞬间梦境。人皆如此,我也必当如此。发声长叹,即命车匿驾车回城。

太子回宫,转更忧愁。后数日,复启净饭王,愿出城游赏。净饭王已知太子前出东门,遇见老者,即嘱改道从南门出。

太子于南门外,见一垂危病人,卧于道侧,骨瘦如柴,腹胀如鼓,肤色萎黄,喘息呻吟,浑身战抖,眼流泪水,便问车匿:"这人为何变成这样?"

车匿答言:"此是病人。"

太子又问:"什么叫病?"

车匿答言:"凡人有病,皆由嗜欲,体内失调,转变成病。"

太子复问:"是他一个人会生病,还是所有的人都会生病呢?"

车匿答言:"人吃五谷,都会生病。"

太子蹙然不乐,无心再往园林,即命回车,还入王宫。独坐冥思,不言不语。

净饭王复劝太子出城散心。太子遂出西门。

太子见一行人众,前有四人,举一床架,上卧一人,面色如蜡,身体僵直,寂然不动,身上覆盖香花。后随男男女女,皆悲啼恸哭。太子问车匿:"此是何人?"

车匿答言:"这是死人。"

"何者为死?"

"此人已无气息,亦无知觉,四肢百节,不能屈曲。此人在世,唯知爱惜钱财,辛苦经营,亦为父母亲戚之所爱念。命终之后,犹如草木,恩情好恶,不复相关。亲友随送,将与永诀。"

"只是此人会死,抑或人皆有死?"

"生是开始,死是结局。为人在世,都不能免。"

太子闻言,心中惨恻。行复自念,亦有一死。怅然有怀,便命回车。

车匿因为太子前出东门南门,都未至园林,即返王宫,为净饭王所责,坚请太子至园林憩息。

太子憩坐林中，见一修行者，著深色衣，手扶锡杖，视地而行，即便起身迎问：

"请问你是什么人？为何衣著与人不同？"

此人答言：

> 我名为沙门，欲求解脱故。
> 爱憎意俱除，诸情调心定。
> 无著舍吾我，众事一切弃。
> 乘自守车舆，手执智慧弓。
> 广设诸方便，欲坏灭魔兵。
> 愿无火无地，无水无风云。
> 无日月星辰，无云空疾患。
> 无老死忧苦，亦无别离恼。

(《佛本行经》卷二)

太子回宫，恳求父王，准其出家。

净饭王言："即欲出家，亦须到我这样年龄。你今正在年轻，理应继承王位，治理国家，岂可便说出家？"

太子便言："如能满足四种心愿，则可暂不考虑出家。"

净饭王问："四愿为何？"

"一愿不病，二愿不老，三愿不死，四愿万物不损不灭。"

净饭王想：如此四愿，何可满足，计唯有煽其色欲，使之沉溺，庶可使其出家之心渐淡，世俗爱恋弥增，乃更增选妓女，涂香膏，施粉黛，著轻縠薄纱，隐露肌肤，妖冶放荡，巧笑伴羞，轻歌曼舞，终日不歇。

悉达多太子不好声色，于王宫中，另辟静室，终日默坐。

斗横参斜，夜已半矣。脚铃手鼓，都已无声息。太子度此时歌舞已歇，出户至园，欲玩月色。时诸舞女，都已熟睡，于月光中，狼藉纵横。脂残粉褪，云鬟散乱。舞衣揉皱，璎珞歪斜。或流涎水，或说梦话。或发鼾声，如胖男子。错齿咬牙，其声龊龊。太子因念，美女如花，只是假象。今此睡态，不堪入目。世间五欲，有何可恋？乃轻唤车匿，嘱其备马，意欲出城。车匿云："今已半夜，非出城闲游之时，又王宫有卫士，何得出宫？王令城门开闭，声闻四十里，何得出城？"太子不答，只是挥手，令速将宝马犍陟牵来。太子回至寝室，看了耶输陀罗和罗睺罗一眼，即便扳鞍上马。时诸卫士，皆已睡熟，无人知觉。太子至北门，城门自然而开，并无声音。太子纵马奔驰，至于苦行林外。

太子脱其明珠宝冠，交与车匿，令奉父王，又除下璎珞，令奉姨母摩诃波阇波提。又尽去其余庄严饰物，令奉耶输陀罗。即从车匿身上，抽出宝剑，剃净须发。

太子著深色衣，欲入苦行林。车匿以头面着地，敬送太子。太子渐渐进入林中。

车匿号啕，犍陟悲鸣，太子远矣。

不成正觉，不离此座

苦行林中，有跋迦仙人，率领徒众，正在修行。见太子相好殊胜，气宇庄严，暂停苦修，前来问讯。太子一一答礼。跋迦仙人乃问："少年丰泽光华，入此林中，端为何事？"悉达多答言："我为寻求真实觉道而来，请问如何方能得到真实觉悟解脱？"

跋迦仙人云："觉悟解脱，我们从未想过。我们所希望者，唯在能升天界。欲入天界，须积苦行。种种苦行，皆是人间所难想象。今为少年，陈其大略：

'凡修习苦行者，必须远离人烟。所吃食物，极为简易，只取嫩草、树叶、野果充饥。凡用木或石舂过之食物，不得食用。进食之时，不用手抓，或以两足夹之入口，或如蟒蛇伸颈就食。或终日躺在火堆旁边，令身烤得通红。或二六时中，捧冰而立。或浸泡在水中。或倒挂在树上。或跷其一足，以一足着地而立。我们深信，唯有经过种种苦行，方能得到未来安乐。'"

太子思维，诸人苦修，违反自然，实无道理，乃为掬诚开导：

"长者苦修，所希望者，得升天界。即入天界，仍有生死轮回。返至人间，仍入苦海。远离此世间之欢娱，寄望在天界后之快乐，是为'执著'。不将'苦'、'乐'之念彻底抛弃，难达真理世界。如以为用野果树叶充饥，可得福乐，则鸟兽皆已得无上福乐；如以为浸泡水中是正确修行，则鱼虾蟹鳖，可谓第一修行者。人之行为，莫不以心为主宰。修习苦行，徒致烦恼。祈求快乐，心为情缚。不得智慧，只入歧途。道不相同，请与长老别。"太子遂离苦行林，欲往频陀山，寻访阿罗蓝仙人。

跋迦仙人，深深叹息。

却说车匿，回至王宫，将太子璎珞、宝珠、衣服、头发呈交于净饭王之前。净饭王知太子已经出家，当即昏厥。经医生救护，方才苏醒。摩诃波阇波提王后及耶输陀罗王妃，闻讯赶来，仓皇失措，悲恸欲绝。时有二大臣，皆善言辩，愿率王师，追赶太子，劝说太子，回心转意。净饭王许以重赏，即令出发。

二大臣率领王师，至苦行林，问之跋迦仙人，知太子已往频陀山，往寻阿罗蓝仙人。大臣即指挥王师，速往阿罗蓝仙人道场。

王师马快，不须多时，赶上太子。二位大臣，下马行礼，恭宣王命：

"悉达多！你求道心愿，我全了解。你想解脱生死苦痛，出于真心。你心仁慈良善，我很嘉许。只是修行求道，何必隐居深山。在家孝顺父母，何尝不是修心。你想救度世人，今有数人，亟须救度，即是你的父亲、你的母后、王妃耶输陀罗和你的爱子罗睺罗，你何独对此亲人，不稍稍慈悲眷顾？

"悉达多！你住在深山莽林之中，与毒蛇猛兽为伍，身受风雨雷电冰霜侵袭而无遮蔽，我心如刀割。

"悉达多！真觉大法，是处皆可得到。我已于王宫之中为你安排幽静修行之处。待你回国执政，只十数年，候罗睺罗成人，继承王统，任你出家，岂不稳便？

"悉达多！夕阳余光，能有几时？父亲已经垂老，不能再经悲伤。我翘首企足而待，悉达多，快回来吧！"

二位大臣，既宣王命，慨切陈词：

"至亲者父子，至爱者骨肉。自从太子出走，国中笼罩愁云。大王不思饮食，母后憔悴瘦损，王妃以泪洗面，罗睺罗终日啼哭。为人子、为人夫、为人父者，岂能无动于衷？倘太子回心转意，由臣等扈从回宫，则是国家之幸事，万民之福音。唯太子深思。"

太子端坐,神色安和,说其信念:

"割断恩爱,诚然痛苦。生老病死,更可畏怖。早求解脱,刻不容缓。职是之故,我才出家。

"生是喜,灭是悲,聚是乐,离是苦。须知'生'乃苦之本源。'生'由痴愚迷惑而来。譬如甲乙二人,各从两地走来,中途暂时相会,不久各奔东西。亲人眷属之离聚,亦犹此耳。何不随缘,任其去留?解得虚假和合之理,则世间更无可悲之事。

"生生死死,死死生生,分分段段,来来去去,非仅人类如此,山川草木,皆是无常之相。

"吐出来的东西,还能再吃下去么?

"从一所着火的房屋中逃出来,还会再投进去么?

"三界如火宅。我已厌弃王宫。因为宫中正有五欲之火炽盛燃烧,我想企求解脱妙境,不能再投火宅。"

太子之言,大臣心折,但以王命在身,仍复再申前意:

"闻太子之言,只是否定'现在',未曾说到'未来'。只见到'因',未见到'果'。对于未来,昔诸先圣,或言其有,或言其无。未来既不可知,何不及时行乐?

"大地的性是坚的,火是热的,水是湿的,风是飘动的。物性自然,过去未来,都不会变动。

"水能灭火,火能把水煮干。一存一亡,互相增减,皆其自性。

"胎儿在母腹中,先有手足,后有身体机构,后有精神知觉,亦皆天成,非由人力。人的力量,实在极其有限。

"凡人做到一不违先祖之教,二要学习摩奴法典,三要奉祀天神,就可名为解脱。舍此之外,更无解脱之道。"

悉达多言:"昔诸先圣,说未来果,一者言有,一者言无,徒增疑惑。先圣所言,迂曲玄远。譬如盲人问道,问于盲人。我唯以自己的清净智慧修行,必能悟出真理。

"日月可堕在地上,雪山可没入大海,我之金刚信念,永劫不变。"

二位大臣见太子坚决,词理俱穷,只得顶礼而退。经过磋商,于王师中选出五人:憍陈如、阿舍婆誓、摩诃跋提、十力迦叶、摩男俱利,留在山林,伴随太子学道。

太子与二大臣分手后,即渡过恒河,经灵鹫山,至于摩揭陀国首都王舍城。

太子相好殊严,风度洒然。一城之人,都驻足而观。

    人民皆愕然,扰动怀欢喜。

    熟观菩萨[1]形,眼睛如系著。

    聚观是菩萨,其心无厌极。

    宿世功德备,众相悉俱足。

1　释迦牟尼尚未成佛之前的称号。

犹如妙芙蓉，杂色千种藕。
众人往自观，如蜂集莲华。
……
诸贵姓女人，各驰出其舍。
犹如盛云中，晃晃出电光。
……
抱上婴孩儿，口皆放母乳。
熟视观菩萨，忘不还求乳。

(《佛本行经》卷二)

时摩揭陀国国君频婆娑罗王正在宫殿高处俯览城中景色，见市民纷纷聚集，向一沙门围观顶礼，极为诧异，即派侍臣，往探究竟。有顷，侍臣回禀："此沙门是释种后裔，本是迦毗罗卫国净饭王太子，名悉达多。他一心求道，身著敝旧袈裟，沿途步行乞食，然后走向郊外林间，以溪间清水漱口，闭目端坐，以修禅定。"

频婆娑罗王听后，心生敬仰，也很好奇，即命车驾，去往森林。见太子相貌，湛如潭水，乃悄悄走近，低头参拜。太子觉有人来，睁眼微笑答礼。

频婆娑罗王，身坐青石，便与太子诚意攀谈："你是高贵释种后裔，即将继承王位，为何年纪轻轻，即生出家之念？你的广肩长臂，应以七宝装饰。奈何伸手向人，以求一饭之施？我百思不解，望太子明告。

"你是因为父王不肯传国，不能即时继承王位，心生怨怼，一气之下，离家出走的么？果是如此，我愿将我国土，划出一半，由你治理。如果仍不满足，我愿将摩揭陀国全国奉让。也许你不愿平白受人恩惠，则我可拨军队一支，莫不骁勇善战，你可去征服另一国家，即在彼国为王。太子其有意乎？

"人唯兼具法、威、五欲三宝，方有意义。有法无威，人不尊敬。有威无法，易招怨恨。有威有法，而无五欲，空过一生，有何情趣？我见你出家相好，心生恭敬。必欲修行，我愿以国土供养。区区此意，出于至诚，深望太子嘉纳。"

悉达多太子感王诚意，深施一礼，庄严回答：

"不顾自身，救助别人，此即是'善知识'，为世罕有。王之心意，我很感激。只是我之志趣，王不能解，请为申说。

"国，宝也。然而王位财宝不过是借来之物，本非己有。人之所需，本极有限。

　　'假令王者，领无数城。其身所处，限居其一。寝一宫室，坐御一座……衣盖一形，食充一躯。出行游观，限驾一车。王所饮食，盖少少耳。其余荣动，以恣

骄奢。'(《佛本行经》卷三)

"取食为了充饥。喝水为了免渴。穿衣为了防寒。乘象或马,为了免除行走疲劳。坐于凳上,为了免去站立的辛苦。凡此种种,本为息苦。贪求执著,反至身心不安。

"人之贪欲,犹如风中烈火,投入薪柴愈多,愈加不能满足。人有五欲,譬如手中执火,火炬已经烧及手掌,为何不将火炬丢掉?

"世间苦乐,本无一定。衣服可以御寒,到了夏天反觉累赘。夏夜乘凉,清风明月;比及严冬,寒冷难耐。由此可见,世间八'法',地、水、火、风、色、香、味、触,都非常住不变之相。

"三界有为果报,决非我之所愿。一切诸趣流动之法,好比风吹浮萍,不可依赖。我之所以远道而来,为求真实解脱之道。我将继续远行,请从此别。王之厚爱,我甚铭感。希望你善护百姓,布正法于大众,祝贵国风调雨顺,国祚绵长。"

太子言讫,频婆娑罗王欢喜赞叹,合十拜谢:"如得正法,可否先来度我?"

太子恭敬回答:"苟得正法,不负所嘱。"

太子离摩揭陀国王舍城,拜访阿罗蓝仙人。阿罗蓝仙人与太子接谈,云欲求解脱,须修习禅定,经过第一、第二、第三、第四禅天,进入"非想非非想"处。太子觉其言辞高妙,但未尽圆融通达,乃辞别离去。

太子又去拜访郁陀仙人。郁陀仙人较之阿罗蓝仙人,相去亦犹五十步与一百步耳。

太子遂入尼连禅河东岸,登钵罗芨菩提山,于优留毗罗那尼村苦行林中趺坐修行。

当太子到处跋涉时,憍陈如等随侍五人早已失散,及闻太子在尼连禅河畔森林中修行,即从各地赶来,跟随太子一同修习。

太子修行,不再乞食,只吃大象猿猴所献野果鲜豆。渐后连野果鲜豆亦不进口,每天只吃一麻一麦[1],专心持修,忍人所不能忍,以致目陷鼻高,颧骨显露,身形消瘦,体中肋骨一一可数。

悉达多苦行六年,效果不大。烦恼妄想,不能断灭;情欲生死,不能解脱。乃自思维,我昔曾劝跋伽仙人等苦行无益,我今修习,与跋伽仙人等有何殊异?我当受食,然后成道。作是念已,即从座起,至尼连禅河,入水洗浴。洗浴既毕,身体羸瘦,欲起不能。幸有树枝,垂于水面,以手攀引,方得出水。甫能上岸,即时昏倒。

1　一麻一麦是一粒麻籽或一粒麦。诸经所说如此。有说日食半粒粳米者,有的经上甚至说七日一食。

尔时有一牧女，名难陀波罗，正在草原放牧，见一年轻沙门，横卧沙滩，知他体力衰弱，心生怜惜，乃捧牛奶一杯，双手递上，供养沙门。

太子接过牛奶，一饮而尽，立时觉得五体通畅，体力恢复。

时憍陈如等五人，大为惊奇：太子勇猛精进，一心学道，为何见一牧女，便失道心？以为太子毕竟自幼娇生惯养，经不起考验，于是拔步奔逃，远离太子。

悉达多独自一人，渡过尼连禅河，走到伽耶山麓，见一毕钵罗树，枝叶繁茂，树下有金刚座，即于路边，拾取柔软树叶，铺于座上，一心正念，结跏端坐，发大誓愿：

"我今如不证到无上大觉，宁可此身粉碎，终不起此座。"

释迦牟尼成佛处古称"菩提场"或"菩提伽耶"。释迦牟尼于毕钵罗树下成道，毕钵罗树由此即名菩提树。

降　魔

太子于菩提树下金刚座上发大誓愿，上天诸神，皆极欢喜，祈愿太子，早启正觉大门。

时有魔王,名曰波旬,憎恶正法,心生恐怖。缘太子如证觉道,世人景从,魔王势力,将失其半。魔王乃将三个女儿,唤至跟前。魔王女儿,名欲染、能悦、可爱乐[1],皆极美艳。魔王曰:

"释迦族净饭王王子悉达多为救度众生,出家学道。他有开启生死大愿之钟,执无我之弓,持金刚大智慧之剑,企图降服此生灭世界。他如降服此世界,即如破坏我之世界。魔道不两立。必须在他尚未达到正觉之前,毁坏其坚固志愿,折断其悟道桥梁!"

魔王即率领三个女儿及众多魔将魔兵,手执武器走向菩提树。

魔王于距菩提树一箭之遥处,扬声喊叫:

"悉达多太子,请你速离此树,舍弃解脱之法,回到王宫,继承王位,享受五欲,君临天下。自古圣王,莫不如此,你何独能例外?如不听从,我即开弓放箭。我弓力极强,箭镞涂蘸剧毒。凡中箭者,无不发狂昏乱,顷刻死亡。如不相信,即请一试。比时你的宝贵生命,将如水泡消灭。"

魔王百般恐吓,太子不为所动,心中寂静,如同秋水。

魔王即引弓发箭,太子安坐如初,眼不视箭。箭至菩提树前,停在空中,自然坠落,其镞下向,变成莲花。

---

[1] 魔王女儿名字,诸经互异,亦有称其有四女儿者。

魔王乃令其女儿，诱惑太子。三魔女皆被罗縠之衣，薰名香，涂膏泽，极为妖冶，走近太子，唇口翕合，细目流盼，现其腿脚，露其手臂，作出种种姿态（或云三十有二姿），发出凫雁鸳鸯哀鸾之声（出《受胎经》）。至太子前，深深敬礼，旋绕七匝，而发娇声："太子仁德至重，为诸天所敬，应有供养。我等是诸天所献。在天上时，端正天女，莫有超出我等者。愿得晨起夜寐，供侍左右。我等善能按摩，愿为太子调理身体。太子久坐树下，一定疲倦，宜偃卧休息，饮服甘露。"即以宝器，献上甘露。太子心净，如琉璃珠，不受污染。

魔王计不得逞，乃麾动魔军，围攻太子。诸魔众互相摧切，各尽威力，欲摧破菩萨，或角目切齿，或横飞乱掷。菩萨观之，如童子戏。魔益忿怒，更增战力。菩萨以慈悲力故，令抱石者不能胜举，其胜举者不能得下。飞刀舞剑，停于空中。电雷雨火，成五色华。恶龙吐毒，变成香风。诸恶类形欲毁菩萨，不能得动。（见《杂宝藏经》）

尔时，天空发出巨响，护法天大将军叱责群魔：

"愚痴恶魔，云何欲害大修道者？如此恶行，譬如使千万人欲撼摇须弥山，徒劳无功。你应赶快去嗔恚怨毒之心，于大修道者座前忏悔。你们可使大地变成汪洋，使恒河之沙燃烧，要想动摇大修道者之金刚信念，亦无可能。众生堕大黑暗之中，茫然不知往处，菩萨为点燃大智慧灯，你云何欲吹之令灭？众生漂浮生死苦海，菩萨为修智慧宝船，你云何欲使之沉没？此大修道者，不久将达到真实解脱，你们应远离骄慢，生惭愧心，归顺于此大修道者之前。"

魔王闻天大将军训叱，即向悉达多太子顶礼而退。

太子之心，如无风湖水，更加澄澈；如日丽中天，更为光明。时天雨妙花，纷纷飘落；伎乐之声，缥缈云际。

成 佛

悉达多太子战胜魔王之后，心中更加平静，已达到无念无想境地。光天化日觉悟世界，即在眼前。

一日，黎明之前，太子仰看天上明星，顿然大彻大悟，成就无上正觉。已知久远以来，自己曾生于何处，叫何名字，作过一些什么事情。百十万年，生死往来，清楚了然。他觉悟到自己以及一切众生，从无量劫以来，轮转在生死界中，有时作人父母，有时作人儿女，有时作人师长，有时为人弟子，彼此都是因缘。世人为现实所迷，不知相逢陌路，都曾是眷属，各为名利所累，于他人略不顾念。太子思维，冤亲平等，乃是真理，心生大悲，不觉泪下。太子又思：生死不二,何须执著?此时太子心地广大,已与宇宙同参。

他此时觉得,烦恼之为物,实不可思议。何为而生烦恼?烦恼原因,太子心中,俱已了然,不禁雀跃欢喜。太子反复吟味,知道自己已证得正觉。他忘记时间,忘记地点,忘记一切,一切无复分别。此即正觉,此即解脱。

于是他不再是太子,而是佛陀矣。

佛陀已经开悟,证得五眼、六通。五眼者:肉眼、天眼、慧眼、法眼、佛眼。六通者:天眼通、天耳通、神足通、他心通、宿命通、漏尽通。

佛陀所觉悟者,是缘起正法。仔细观察世界,流传经过是十二因缘(无明、行、识、名色、六入、触、受、爱、取、有、生、老死),流转主体是苦。由此主体展开,故有生老病死。

人何以会有老死?因为有"生"。

生之原因,是行为的"有"业。

由"有"业,就生出"取"。

取从何来?

取生于"爱"。

爱从何来?

爱生于"受"。

受从何来?

受生于"触"。

触从何来?

触生于"六入"(耳、眼、鼻、舌、身、意)。

六入从何而来?

六入生于"名色"。

名色根源为何?

名色根源是"识"。

名色生于识,其间有一作用,为"行"。

行的根结何在?

在"无明",即生死之根本。

佛陀证得宇宙人生真理后,复在菩提树下静思二十一日,发出正觉宣言:"如想不死,唯有不生,唯断无明。无明灭则行灭,行灭则识灭,识灭则名色灭,名色灭则六入灭,六入灭则触灭,触灭则受灭,受灭则爱灭,爱灭则取灭,取灭则有灭,有灭则生灭,生灭则老、死、忧悲苦恼皆灭。诸垢既净,自心清净,则无碍光明普照,进入真实悟界,得不生不死解脱自在。"

佛陀既证十二因缘,智慧通达,无所罣碍。"于时大地十八相动。游霞飞尘,皆悉澄净。天鼓自然而发妙声。香风徐起,柔软清凉。杂色瑞云,降甘露雨。园林花果,荣不待时。又雨曼陀罗花、摩诃曼陀罗花、曼殊沙花、摩诃曼殊沙花、金花银花琉璃等花。七宝莲花，绕菩提树，满三十六逾阇那。执天宝盖，及心幢幡，充塞虚空，供养如来。龙神八部所设供养，亦复如是。"(《因果经》)

初转法轮[1]

佛陀既成正觉，即离伽耶山菩提树下金刚座，怀大慈悲心，欲往救度众生。其首至处，为鹿野苑。

鹿野苑位于恒河与波罗奈河之间，有繁茂树林，鸟兽温驯，无喧闹声，寂静幽雅。佛陀旧日侍者憍陈如等五人，即在彼修习苦行。

佛陀近鹿野苑时，憍陈如等已经远远望见，相互议论：

"试觑来者，乃悉达多。"

"他已中途堕落，复何脸面，来至于此？"

"他或知悔，亦未可知。"

"他大概难耐寂寞，来寻我们作伴。不必招呼，不必起座慰问其长途劳顿。其各虔修，勿予理睬！"

---

[1] 轮是印度传说的武器。法轮，即佛法。执政治国，为转轮；传布佛法，为转法轮。《大智度论》云："转轮圣王手转宝轮，空中无碍；佛转法轮，一切世间及天人中无碍无遮。"

于是五人皆紧闭双目,坚坐不动。

及佛陀走近时,五人又不禁微微睁眼偷看。一看之后,大为惊疑:分别不久,太子容貌何以变得如此威严圆满?五人不觉各从座起,礼拜奉迎,互为执事,或为持衣钵,或为取水供盥漱,或为洗脚,全都违背本来誓言。佛陀谓憍陈如:

"当我来时,你们曾相约不理睬我,有是乎?何以现在又恭敬若此?"

憍陈如惶恐谢罪,说:

"悉达多太子,此是我们罪过。"

"悉达多是我俗名,今后不要这样称呼。我已证得正觉,成为佛陀。"

"你修习苦行,未成正觉,何以舍弃苦行,竟成佛陀?即请开示,启发愚蒙。"

佛陀乃曰:

"憍陈如!凡是修行,不可偏执。偏于受苦,使心恼乱;偏于享乐,耽于爱著。舍弃苦乐,方是'中道'。

"要进正觉之门,须以正道修行,即正见、正思维、正语、正业、正命、正精进、正念、正定[1],似此方能解脱无明集聚诸般烦恼,入清净寂灭境界。

"憍陈如!何以要修正道,正为离苦。水、火、风、震是苦。人情不平,事不如意,又使人身心不安。生此世间,随处皆苦。

"凡苦,皆以'我'为本。众生执著有我,由我而生贪、嗔、痴,此即是'集'。要解除苦,必须修'道',修道则入'灭'。今我为说苦、集、灭、道四圣谛[2],你们应当谨记。

"此是苦,应当知;此是集,应当断;此是灭,应当证;此是道,应当修。

"此是苦,我已知,不复更知;此是集,我已断,不复更断;此是灭,我已证,不复更证;此是道,我已修,不复更修。

"若不解四圣谛,终不得解脱。"

尔时憍陈如等五人,合掌顶礼,而曰:"我们已经知道你是成就三觉圆满,万德俱备之佛陀矣,我们愿永远跟随,请收我们为弟子。"

佛陀曰:"善哉!我收你们为弟子,作比丘僧。我和你

---

[1] 正见是正确的见解,正思维是纯真的思想,正语是净善的语言,正业是正当工作,正命是合理的生活所需,正精进是积极的精神,正念是对真理的信仰,正定是习于禅定。

[2] 谛,即真理。

们,将是世间第一福田。今也,佛(释尊)、法(四圣谛)、僧(五比丘)都已具备,是名三宝(佛宝、法宝、僧宝)。如是,则佛陀之教化可以广被天下,接引一切众生,都进光明大道,获得究竟圆满解脱。"

从此,憍陈如、阿舍婆誓、摩诃跋提、十力迦叶、摩男俱利,随侍佛陀,行化在罗迦河沿岸,暂住于此。

一天清晨,佛陀正在河边盥洗,忽见对岸一年轻人,狂奔涉水,口中高呼:"我苦!我苦!"佛陀不觉注视,生慈悯心。此年轻人亦注视佛陀良久,然后匍伏在地,恭敬为礼,曰:"我曾闻听,此间住着大澈大悟佛陀,今见尔宝相庄严,想必即是,请发慈悲救我。我名耶舍,住迦尸城。白天追逐货利,夜晚欢宴歌舞,又多饮酒,疲惫不堪。昨夜辗转床席,不能入梦,欲往庭中散步,悄悄走入花园,乃见我所私爱之舞姬正与一男子于花丛中幽会,我极嫉恨,乃怒掴之,随即竟夜狂奔,不知所已,务望佛陀救我。"

佛陀见彼男子哀切凄苦,乃手抚其头,曰:"我即佛陀。你到我这里,自会安稳自在。试听我说:世间岂有不散筵席?亲朋眷属岂能永远厮守?人世本为虚伪,一切都是无常。自身尚不可赖,何能使一切皆属自己?放下一切,自会心静。"

耶舍瞋恚怒火顿时为佛陀法旨甘露浇灭,全身舒畅,即请佛陀收为弟子。佛陀乃劝其先回家去，谓其双亲，正在焦急，到处寻找，何得使老人操心？耶舍见佛陀身著袈裟，自己却是满身华宝，极感惭愧。佛陀即为说偈言：

虽复处居家，服宝严身具，
善摄诸情根，厌离于五欲，
若能如此者，是为真出家。
身虽在旷野，服食于粗涩，
意犹贪五欲，是为非出家。
一切造善恶，皆从心想生。
是故真出家，皆以心为本。

（《因果经》）

耶舍解悟，即请为弟子，皈依佛陀。

耶舍父亲俱梨迦长者，闻其爱子午夜狂奔出走，不知去向，焦急如焚。有一家人报告，有人曾见耶舍奔向罗迦河，俱梨迦即率诸仆人，渡河探听。

佛陀见一行人匆匆走来，知是为寻耶舍，乃令耶舍暂避，自往会见长者。

俱梨迦长者见到佛陀，当即恭敬为礼，问曾见一发狂奔走青年否。佛陀答云："令子平安，请毋焦虑。"随即为解释众苦，布施功德，持戒好处。俱梨迦长者闻此开示，如梦初醒，佛陀即唤耶舍，拜见父亲。俱梨迦长者见爱子无恙，神色平静,知已皈依佛法,当即请求佛陀允其作为在家弟子。是为皈依佛陀之第一优婆塞[1]。

俱梨迦又恳求佛陀,至于其家,接受供养。佛陀为其诚意所动,即于次日,率其弟子六人,如约前往。

耶舍之母,亦请皈依。是为第一优婆夷[2]。

佛陀所播菩提种子,渐次出土萌芽。耶舍之友,约五十人,受佛陀慈悲智慧感召,也都皈依座下,并遵照佛陀吩咐,分赴各地布教。

佛陀独自往伽耶山走去,于一苦行林中树下小憩。

见一妇人,提一大包袱,于佛陀身旁疾走而过。有顷,有大汉一群,匆匆赶来,问佛陀:"曾见妇人,提大包袱,于此经过否?"佛陀乃问:"你们寻此妇人,端为何事?"一汉答云:"我们共三十人,结为伙伴,住在距此不远森林之中,互相帮助。我们之中,唯有一人,迄是独身。我们对他同情,设法为他觅得一个女人。初时亦颇安分。孰料此女人实为卖淫妓女,她以甜言蜜语,对我们挑逗,我们全被迷惑。今日晨起,发现我们所有重要财物,全都被她拐走。为此,我们合力追赶。"

佛陀默然半晌,遍视诸人,徐徐问道:

---

[1] 优婆塞即居士,是在家男信徒的统称。
[2] 优婆夷为在家女信徒统称。

"试问君等,财物重要,抑是自己身体重要?"

咸曰:"自是身体重要!"

佛陀乃曰:"君等应寻找者,非身外财物,乃自己的心。"于是为之讲述苦、集、灭、道四圣谛。此三十人,悉皆领悟,愿皈依佛陀为弟子。

佛陀告别诸比丘,即便思维:我今应度何等众生,而能广利一切天人?唯有优楼频罗迦叶兄弟三人,是其人选。他们在摩揭陀国,学道拜火,国王臣民,皆悉归信。拜火殊非正道,但他们都很聪明,易于解悟。佛陀欲往度脱三人。

佛陀至尼连禅河畔,已近黄昏,乃往见优楼频罗迦叶,言:"我从波罗奈国来,欲往摩揭陀国,日既晚暮,可否于你处借宿一宵?"优楼频罗迦叶言:"寄宿本不难,但诸房舍,俱为弟子住满,只有一间石室,尚颇洁净,只是我之事火用具,都在室中,比较窄逼,又有毒龙住在里面,恐相害耳。"佛陀即言:"只要见借,可不妨事。"迦叶又言:"你若能住,便自随意。"佛陀即入石室,结跏趺坐。

龙见佛陀,毒心转盛,举体出烟,浑身冒火,焚烧石室。迦叶弟子,看见火光,急报迦叶。迦叶惊起,即敕弟子以水浇火。火不能灭,火势更盛,石室融尽。天明之后,迦叶师徒俱往看视,则见佛陀,安然无恙,大为惊奇。佛陀乃言:"我心清净,不为外灾所害,毒龙今已降伏,收在钵中。"迦叶师徒，见此沙门，处火不烧，降伏恶龙，置于钵内，叹未曾有。

佛陀即作咒愿：

> 婆罗门法中，奉事火为最。
>
> 一切众流中，大海为其最。
>
> 于诸星宿中，月光为其最。
>
> 一切光明中，日光为其最。
>
> 于诸福田中，佛福田为最。
>
> 若欲求大果，当供佛福田。
>
> （《释迦谱》卷四）

佛陀为优楼频罗迦叶说四圣谛，迦叶即言："若论年岁，我较你为长，若论智慧道德，你较我为优，我愿拜在座下，作为弟子。"

优楼频罗迦叶本有五百弟子，见老师已皈依佛法，为佛陀威德所感动，也都发愿追随老师，永作佛陀弟子。于时优楼频罗迦叶及其弟子五百人，袈裟著体，须发自落，悉为比丘，将事火用具全部投入尼连禅河。

优楼频罗迦叶有弟二人，一名那提迦叶，一名伽耶迦叶，处在尼连禅河下游，亦皆修道事火，各有徒众二百五十人。忽一日，二人见河里漂来兄长事火道具，不知哥哥发生何种事故，为国王驱逐乎？抑为山贼杀害乎？二人放心不下，即起程往优楼频罗迦叶修道之苦行林。至，则大惊诧：兄弟及五百弟子都已除净须发，穿着袈裟，改为比丘，乃责问何以如此。优楼频罗迦叶乃云："佛陀有大神通、大智慧、大慈悲，非我等所能及，你们千万不可心存我慢。"优楼频罗迦叶即为二人转述四圣谛义，那提迦叶、伽耶迦叶，并皆悦服。

过不几天，迦叶三兄弟及其弟子千人齐集林中，听佛陀施教。以其千人，皆曾事火，佛陀乃引火为喻：

"诸比丘弟子！种种妄想，譬如打火燧石，轻轻一敲，即会引起愚痴黑烟，燃起贪欲瞋恚猛火。愚痴、贪欲、瞋恚，即三毒烦恼之火。因燃三毒之火，即轮回于老、病、死苦恼中，在生生死死世界中无法解脱。诸比丘弟子！三毒猛火是苦之根，以'我'为本。欲灭除三毒猛火，首先要毁除'我执'。'我执'断除，三毒之火自灭，轮回于三界中之一切苦，自消失矣。"

一千弟子，聆听法音，无不欢喜踊跃，顶礼赞叹。

祇树给孤独园

佛陀为应凤约，率千余弟子往摩揭陀国，欲度频婆娑罗王。频婆娑罗王闻佛陀将来其国，已至灵鹫山，乃遣专使敦请，而自率臣僚于王舍城外竹林之旁迎迓。国王远望佛陀徐徐而至，法相庄严，态度安详，知道佛陀已成正觉。佛陀稍近，国王即率臣僚眷属趋前顶礼佛足，敬问安康。佛陀当即答礼。王与佛陀相偕入城。城内居民，夹道欢呼，顶礼膜拜。佛陀频频微笑招呼。

佛陀到达王宫，坐定之后，即问国王："分别十载，想诸事如意？"王答："托佛陀庇祐，一切尚好。唯有一事，尚祈开示，不知冒渎与否。"佛陀即言："有何疑惑，请即提出。"王曰："优楼频罗迦叶道长，修行事火，年高德劭，威望远播，向为国中崇奉，何以竟于一旦之间丢弃事火道具，皈依座下，愚诚不解。"

佛陀微笑示意，使迦叶自己回答。

迦叶以偈答言：

　　我于昔日中，所事火功德。

　　得生天人中，受于五欲乐。

　　恒如是轮转，没于生死海。

　　我见此过患，所以弃舍之。

　　又复事火福，得生天人中。

　　增长贪恚痴，是故我远离。

　　又复事火福，为求将来生。

释迦牟尼

即已有生故，必有老病死。

已见如此事，是故弃火法。

施会修苦行，乃以事火福。

虽得生梵天，此非究竟处。

以是因缘故，所以弃事火。

我见如来法，离生老病死。

究竟解脱处，是故今出家。

如来真解脱，为诸天人师。

以是因缘故，归依大圣尊。

如来大慈悲，现种种方便，

及诸神通力，而以引导我。

云何而复应，奉事于火法？

（偈引《释迦谱》卷四，出《因果经》）

频婆娑罗王闻优楼频罗迦叶现身说法，感动赞叹，转问佛陀："佛法精妙，我等缺乏慧根，亦可为说浅近法语，为可领受者乎？"

佛陀即谓："人身中眼、耳、鼻、舌、身、意，都是生死起灭之因。苟能了解生死，即不会执著，于一切法生平等观，认识自身真相。此真相，即无常之相。

"当心与境相遇时，只是空与空相聚合。譬如石与石相碰，可以碰出火花。然而火花是石之质欤？

"人间在生我之前,即已有我乎?抑或死后是我乎?睡时是我乎?抑醒时是我乎?心无罣碍是我乎?抑身有故障是我乎?凡此一切,皆与石块相碰而迸出瞬息火花相似。石可以迸出火花,水可以起泡沫,但石块并非即是火花,水亦并非泡沫。

"由于心与境相遇,而有六识,因此,由不如意之'我',即生出老、死、病,循环不已。凡贪、瞋、痴,一切无明,都源自'我',如石块相碰,或起火花,或不起。如石与石不相碰,则绝不会起火花。

"忘'我'而为一切众生,更忘我及一切众生而进入不动心境界,心与宇宙为一体,即'我'进入涅槃之时,此方是人间本来实相,于此处方无生死。"

频婆娑罗王及其臣属,闻佛开示,愚昧之心顿觉清凉,欢喜无比。

时摩揭陀国,有一长者,名曰迦陵,见佛陀徒众多,而无精舍,自思我有一片好竹园,可作精舍,欲用献奉佛陀,遂往诣佛所,稽首而言:"佛悯一切,如亲爱子,弃转轮王,不慕世荣,今无精舍。有一竹园,去城不远,愿以奉佛。"佛陀嘉纳,即与圣众,游处其中。

频婆娑罗王闻迦陵已献竹园,即下令于竹园中修起堂舍，计分十六大院，院六十房，更有五百楼阁，七十二讲堂，取名为"竹林精舍"。

佛陀迁入精舍，说"布施"之义：

> 若人能布施，断除于悭贪。
> 若人能忍辱，永离于瞋恚。
> 若人能造善，则远于愚痴。
> 能具此三行，速至于涅槃。
> 若有贫穷人，无财可布施，
> 见他修施时，而生随喜心，
> 随喜之福报，与施等无异。

（《释迦谱》卷五）

佛陀于竹林传道，收得二弟子，一名舍利弗，一名目犍连。后来，此二人辅佐佛陀教化，功劳甚大。

舍利弗本名优婆室沙，目犍连原名拘律陀，本从名师删阇耶学，觉所学不能满足，即离本师。此二人亦各有弟子百人，傲然以为世间不复有较自己更为聪明者。

一日，舍利弗见佛陀弟子阿舍婆誓于王舍城乞食，见其威仪静肃，知非常人，乃即前作礼问曰："我观比丘，似新出家者，何以有如此威仪？你住于何处？师从何人？他有何教诫？演说何法？"

阿舍婆誓谦逊作答："我住在竹林精舍，是释种出生佛陀弟子。他是具一切智慧人天导师。我出家日浅，根器不深，不能宣说老师精妙法理，唯可就浅知，略说一二。老师常说：'诸法因缘生，诸法因缘灭。'又说：'诸行无常，是生灭法；生灭灭已，寂灭为乐。'"

舍利弗闻此法语，如同慧日驱散疑云，得无上法乐。

舍利弗满心欢喜，即往见其老友目犍连。目犍连见他神采飞扬，惊问是何缘故。舍利弗即与复述他与阿舍婆誓之对话，目犍连即时解语，亦愿出家。

二人各唤其弟子而语之曰："我等今者，已于佛法得甘露味。唯有此法，是出世道。我今欲往求佛出家，汝等之意云何？"诸弟子云："我等有所知见，皆赖大师之力。大师若是出家，我等悉愿随从。"

二人即将二百弟子，往诣竹园，头面礼足，而对佛言："我于佛法，已得道迹，乐意出家，愿垂听许。"尔时佛陀便即呼言："善来，比丘！"于是舍利弗、目犍连及其二百弟子，俱成沙门。

或一日，佛陀出竹林精舍，登灵鹫山，在豚崛洞入定。时舍利弗舅父长爪梵志即住于近处。长爪梵志本异教仙人，极有名望，闻外甥改宗，知道佛陀莅灵鹫山，即往拜访。

长爪梵志劈头便说："我尚未认识一切。"

佛陀微笑回答："尚未认识一切，即已认识一切。肯定一切者，即否定一切者。肯定一事物之人，即否定一事物之人。肯定一切，易为贪欲拘因；否定一切，虽能远离贪欲，但固持否定，亦是执著。舍弃一切肯定与一切否定，方为真识。"

长爪梵志闻此名言，即时得度。

有一婆罗门，名大迦叶，住摩诃沙罗陀村，家极富有，一切书论，无不通达。娶妻甚美，举国无双。二人自然无有欲想，乃至亦不同宿一室。佛陀每在竹林精舍说法时，他必往听讲。一日，经过王舍城附近多子塔，见佛陀在大树下静坐。大树枝叶繁茂，皆一一垂下，荫覆佛陀。他见佛陀庄严相好，即恭敬走近，合掌顶礼，诚恳而言："世尊今者是我大师，我是弟子！"如是说了三次，佛即答言："如是迦叶，我是汝师，汝是我弟子。"佛陀即与迦叶，俱还竹园。

此大迦叶聪明精进，嗣后佛法流转，大迦叶之功甚伟。

舍卫国（应为憍萨弥罗国舍卫城，下同）国王波斯匿有一大臣，名曰须达（或译须达多），居家巨富，财宝无限，好喜布施，赈济贫乏，及诸孤老，时人因行为其立号，名"给孤独"。尔时长者，生七男儿，年各长大，为其纳娶，次第至六。其第七儿，端正殊异，偏心爱念，当为娶妻，欲得极妙容姿端正有相之女，为儿求之。即语诸婆罗门："谁有好女，相貌备足，当为我儿往求索之。"诸婆罗门，便为推觅。辗转行乞,到王舍城。王舍城中,有一大臣,名曰护弥(或曰首罗),财富无量,信敬三宝。时婆罗门到家从乞。国法:施人,要令童女持物布施。护弥长者时有一女,威容端正,颜色殊妙,即持食出,施婆罗门。婆罗门见已,心大欢欣:"我所觅者,今日见之。"即问女言:"叵有人来求索汝未?"答言:"未也。"问言女子:"汝父在不?"其女言:"在。"婆罗门言:"语令外出,我欲见之,与共谈语。"时女入内,白其父言:"外有客人,欲得相见。"父便出外。时婆罗门问讯起居,安和善吉。"舍卫国中有一大臣,字曰须达,辅相识不?"答言:"未见,但闻其名。"报言:"知不?是人于彼舍卫国中第一富贵,如汝于此富贵第一。须达有儿,端正殊妙,卓识多奇,欲求君女为妇,可尔以不?"答言:"可尔。"值有估客,欲至舍卫,时婆罗门作书,因之送与须达,具陈其事。须达欢喜,诣王求假,为儿娶妇,王即听之。大载珍宝,趋王舍城。

(以上摘自《释迦祇洹精舍缘记》,出《贤愚经》。此记较他书曲折,因径录原文,未加改动,亦欲使读者窥见齐梁间译经风格之一斑耳。)

须达多(即须达)至王舍城到首罗(即护弥)长者家,为儿子求亲。首罗长者欢喜迎逆,安置卧具。须达多夜宿长者家中。

须达多见首罗长者家中仆人忙忙碌碌,到处打扫,备办饮食,便问:"府上如此忙碌,是将请太子、大臣欤?"答云:"不也。""将会亲戚好友欤?"——"不也。"——"然则是为何事?"——"将要请佛及比丘僧。佛陀一众,已至寒林。"——"何名为佛?愿解其义。"于是首罗长者为说佛陀出身历史及佛法大义,须达多如有所得,心甚向往。当夜不能成眠,乃悄悄起身,走向寒林。

似见一人,于月光下散步。稍近,则见之威仪风采,朗朗照人,知是佛陀,即往顶礼。佛陀即问:"君是何人?"——"我名须达多,住舍卫城,薄有资产,常赒济贫穷孤独人,与之金钱衣食,众人口顺,遂称为'给孤独'而不名。"佛陀即言:"善哉居士,乐善好施,仁者之心。广储钱财,决非持宝。济世利人,乃真储宝。不贪钱财,方能起慈悲恭敬心,嫉妒我慢,才会消除。此是布施之力,解脱之因。"须达即便进言:"我国憍萨弥罗,土地广阔,民情淳朴。我意欲请佛陀往舍卫城说法,凡所需衣服、饮食、卧具、汤药,一概由我供养,务请佛陀慈悲允诺。"

佛陀沉思片时,语须达多:"我亦欲往北方,唯弟子众多,能得广大场所容纳尔许人否?"

"我拟在舍卫城建立精舍,规模与竹林精舍等。唯佛陀怜悯我国下愚众生,惠然莅临。"

佛陀微笑允诺。

须达多回舍卫城，四处察勘，寻求可建精舍地点，案行周遍，无可意处。唯太子祇陀有园，其地平正，其树郁茂，不远不近，地点合适，遂往诣太子，自言欲建宝殿，供养佛陀及其弟子，唯太子园林，极是理想，可否请太子出让。太子笑言："我无所乏，此园茂盛，当留用游戏，逍遥散志。"须达多固请，至于三次。太子不能峻拒，乃故昂其直，欲其知难而退，曰："欲买我园，须以黄金铺满园中地面。"须达多曰："唯。"太子曰："前言戏之耳。"须达多曰："太子无妄言。"太子曰："试将金来！"须达多即回家取金，以车载至。太子曰："我言卖园，不言卖园中树。"须达多面有难色，太子笑曰："卖园留树，焉有此理。你以园供养佛陀比丘，我当以树供养。"

于是须达多于园中大起精舍，寝室数百幢，礼堂、讲堂，乃至集会、休养、盥洗、阅读、储藏、运动，皆各有场所，无不具备，远胜竹林精舍，较之憍萨弥罗国王宫，亦无逊色。

佛陀即偕比丘一众，住入此园。因须达多建园，太子祇陀献园中树，故此园取名为"祇树给孤独园"，世称祇园精舍。佛陀于此说法。佛涅槃后，弟子集会，追记佛所说法，成经多部。今所传主要佛经，其开头都云："如是我闻：一时佛在舍卫城祇树给孤独园，与大比丘千二百五十人俱……"即此园也。

长生童子喻

佛陀弟子众多，良莠不齐。群居终日，难免龃龉。每以细故，而致争吵。日久不和，遂成积怨。

佛陀在俱睒弥说法时，弟子中发生激烈争执。彼此汹汹，各不相下。佛陀乃集诸比丘，各使趺坐，为说故事：

往昔之时，有憍赏弥国长寿王，宽仁爱民。其邻国波罗奈国梵豫王率兵来犯，长寿王与之战而生擒之。长寿王非仅不杀梵豫，反而将其释放，谓之曰："我本可杀你，但非我之所愿。希望你今后不再有侵占他国野心，免致生灵涂炭。"

梵豫初甚感激，但回国后心有未甘，乃又率大军，前来报仇。长寿王想：战胜他本非难事，但他心中仍然不服。他之用心，无非是想吞并我之国土，我今即将国土让与，庶息干戈。于是长寿王派一大臣告梵豫王，请他接掌国政，自己则率同眷属，改装束，隐名姓，于梵豫王国境度清静生活。

居有间，有人密告梵豫王，言长寿王隐居在国中，梵豫即下令搜捕，于僻处囚禁。

长寿王太子名长生童子，向在别处寄养，闻父王被捕，化装樵夫，潜往探视。

长寿王心平意静，语长生童子曰："儿！忍即孝道。含凶、怀毒、结恨、惹怨，徒种万载祸根。千万不能结怨，要行慈悲大愿，否则即是不孝。诸佛慈悲，包含天地，冤亲平等，切勿为我起报仇结怨心。儿速去！"

长生童子谨遵严命，逃入森林暂避。

波罗奈国民众，悉同情长寿王。豪族王公，纷纷为之求情。梵豫王见长寿王有如此人望，嫉妒恐惧，即下令将长寿王斩首。

长生童子获悉父王被害，悲恸泣血，于半夜时，偷偷收尸，以香木密藏遗体，为父亲祈祷冥福，随即改名换姓，到迦尸城。梵豫王亦知有长生童子，寄养在外，百计搜寻，而无所得。长生童子本极伶俐，讨人喜欢。他在迦尸城拜师学艺，终成伎乐圣手。豪门贵族，每有宴乐，不得长生童子参与，则举座不欢。梵豫王发现，召之进宫，侍奉左右。长生童子善解人意，深受宠信，即梵豫之护身刀剑亦皆交与保管。

或一日，梵豫王出猎，于山中迷路，随行只有长生童子一人。时王疲惫，伏于石上，不觉沉睡。长生童子心想，杀父仇人，即在眼前。为父报仇，此其时矣。天赐良机，不可错过。他举刀欲杀梵豫王,忽然忆起父亲遗训,长叹一声,纳刀入鞘。

梵豫王突然惊醒,浑身出汗,语长生童子:"可怕可怕!我睡梦中,恍惚见长生童子,前来杀我!"

长生童子从容言曰:"大王知我为谁?我即长生童子。实告大王,我本想为父报仇,但记起父亲遗训,即放弃此念。"

"你父亲有何遗言?"

"忍即孝道;怀毒是万载祸患根源。"

"忍之意义,我亦能解。然谓怀毒为万载祸患根源,是何意欤?"

"我杀大王,大王臣子必将杀我。我之臣子又将杀大王臣子,如此杀来杀去,如同轮转,永无了期。今我不杀大王,大王亦原谅我,一场仇恨,到此为止,此非永断祸根耶?"

梵豫王闻长生童子言,羞愧万分,对往日作为,深自悔恨,喃喃自责:"我杀圣者,罪孽深诚!"乃掬衷诚,语长生童子,愿将全部国土让与。长生童子谦虚庄重,合掌而言:"波罗奈国,本属大王,只将我生身国土见还,则幸甚矣。"

梵豫王即偕长生童子寻路回城,适王之大臣亦来寻王,于路相值。梵豫王欲试诸臣,乃问:"你们如遇长生童子,将如何对待?"诸臣纷纷答言:

"砍他手!"

"断他足!"

"要他性命!"

梵豫王以手指长生童子,曰:"彼即是也。"

大臣尽拔刀剑,欲杀长生童子。梵豫王即时喝阻,并将长生童子所陈以德报怨道理说服大臣,吩咐无论何人,不许对长生童子再怀恶意。大臣等皆极钦服。

回城进宫,梵豫王命备香汤,请长生童子沐浴,衣以王者之衣,请长生童子坐于御座金床。稍后,并将自己女儿许配长生童子,派军队车马,护送长生童子回国。

说完故事,佛陀曰:

"诸比丘!你们聆此故事,作何感想?憍赏弥国长寿王行忍辱,具大慈悲心,施恩惠于其仇人。诸比丘!你们背井离乡,辞亲割爱,来此探求宇宙真理,人生实相,你们当行忍辱,赞叹忍辱;行慈悲,赞叹慈悲,布施恩惠,予一切众生,不应再有争执。"

佛陀讲后,即令弟子散去。多数弟子,皆有感悟,不再争执。有少数人,脾气极坏,仍好吵嚷。佛陀闻知,亦无如何。人无善根,只好听之。然佛陀亦不因此而不乐,缘佛陀心中无执著故。

摩登伽女

佛弟子中,俊美第一,当数阿难。阿难面如满月,眼睛清净如莲花。

(今中土佛寺释迦像两侧各有一侍者立像,佛左手年老者为大迦叶,其右手少年比丘,即为阿难。)

阿难因为聪明善解,深得佛陀喜欢,但也因其漂亮,给佛陀带来不少麻烦。

一日,阿难乞食归来,途中口渴,见一少女,于路旁井边汲水,视其衣饰,知为首陀罗女。阿难心中,无贵贱之分,并不鄙视,即请少女布施清水,以解焦渴。

此少女名摩登伽女,因是贱族,不敢与阿难水。云:"阿难比丘,我认识你。但我是首陀罗女,供养你水,于你王族身份不好。"

阿难摆手摇头,云:"我是沙门,于四种姓,作平等观。请惠水一钵,我实口渴。"

摩登伽女闻言欢喜,即以双手捧水,献与阿难手中。缘比丘守"不与不取戒",凡布施物,如不递交其手,便不能取。阿难风度翩翩,当饮水时,摩登伽女倾心注视,目不旁瞬。阿难饮水既毕,称谢而去,径还祇园。摩登伽女犹纵目视其背影,久久忘归。

从此以后,摩登伽女念念不忘阿难,在家终日忧郁凝思,不茶不饭,日渐消瘦。其母担心,再三诘问女儿有何心事。摩登伽女料瞒不住,遂向母亲坦陈:

"佛弟子中,有一比丘,名为阿难。数日之前,我见他后,朝思暮想,不能忘记。儿之全心,为他占有。如不与他共同生活,人生实无意义。伏望母亲,为儿区处。"

其母闻言,蹙然良久,云:"儿之婚姻,我亦萦怀。诸中意者,皆可措手。唯两种人,母亦无法。一为断除爱欲之人,一为已经死去之人。闻佛陀是大德圣者,其弟子都已断除爱欲,你所思念,实是痴想!"

摩登伽女俯首捻裳,曰:

"我看阿难,非断欲人;他对女儿,亦似有情。"

母亲极爱女儿,左右寻思,乃告摩登伽女:"欲与阿难成亲,除非学会娑毗迦罗先梵天咒,使其智慧蒙蔽,舍此更无好法。"

摩登伽女即持诵魔咒。魔咒有效无效,非所知也。然而阿难于摩登伽女未能忘情,亦是事实。少年心性,殊难免耳。

复一日,阿难托钵过摩登伽女门前,摩登伽女即从门出,殷勤问讯,柔声启请:

"阿难比丘,我家中散花烧香,洒扫洁净,专为欢迎,请赏光至家中稍坐，受我供养。"

阿难若是拒绝，诸事都无。只是阿难犹犹豫豫，欲走不走。摩登伽女母亲亦从旁怂恿，恭敬有加。阿难身不由主，遂至其家。

阿难此时，迷糊恍惚，知道自己已受诱惑，但又挣脱不开。摩登伽女，娇媚横陈，抚摸阿难。阿难浑身躁热，不能自持。正当阿难将毁戒体，千钧一发之际，忽如为佛陀摄受，生智慧心，夺门而逃，回至祇园。

摩登伽女不能罢休，追求阿难，更为积极，用尽心思，图诱惑之。她身著华丽衣裳，浑身珠光宝气，徘徊于祇园左近，一心等候阿难。女人爱情一念，至为坚强，纯钢精铁，不能比也。

一次，阿难从祇园精舍出来。摩登伽女见状，非常喜欢，即跟在阿难身后。阿难走一步，她跟一步，不离不舍。阿难深耻此女，即刻回至祇园。适第二日是四月十五日，为佛陀规定"雨安居"之第一日。从四月十五到七月十五，三个月中，佛陀及弟子不会外出，摩登伽女痴痴等待。过七月十五，阿难出园托钵，她又跟随身后，如同影子。阿难无计，回祇园时，即跪于佛陀座前，云：

"旃陀利女子摩登伽女诱惑我。我到哪里，她跟随到哪里。望佛陀慈悲帮助我，怎样才能离开此女？"

佛陀微笑而言："你怎会为一女子弄得这样没有办法？这都是因你平日只重多闻，不重戒行故。一旦声色逼来，便觉无力抵挡。我可以帮助你，但你以后不可再惹此种麻烦。你且将摩登伽女引来，我当为区处。"

阿难奉命，走出祇园，见摩登伽女犹在园外徘徊，即问：

"你为何老是追随在我后面？"

摩登伽女闻阿难问话，大喜过望，娇嗔答言：

"你真是呆子，这样问题，怎可用口说出？你非真呆，乃是装傻。我之心事，你岂不知？当初你要水吃，说话几许温柔，态度又复多礼。后来你到我家，我愿以心相许，孰知你又不别而逃！我自信貌美，你正在青春，正宜同享欢乐。我心坚贞，君意如何？"

阿难羞缩，不敢直视，只说："我师佛陀，要见你一次，你随我来。我师通达，将为作主。"

摩登伽女闻佛陀欲见彼一面，亦觉羞赧，但想到佛陀将为作主，遂挺胸随阿难走入祇园。

佛陀见摩登伽女姗姗而来，即问：

"你欲与阿难成婚乎？"

摩登伽女手置胸前，低声回答曰："是。"

"男女婚嫁，应得父母许可。你能请双亲来一谈否？"

"双亲已经许可,母亲曾见阿难。佛陀不信,我即可将母亲请来!"

摩登伽女回到家中,即扶母亲至于精舍,行礼白佛:

"佛陀!家母拜见!"

佛陀即问摩登伽女母:

"你允许女儿与阿难结婚否?然阿难是沙门比丘,须使你女出家一次,然后再与阿难结婚,你同意否?"

母即答言:"可以照办,我甚欢喜。"

摩登伽女母亲走后,佛陀又对摩登伽女说:"你既一心与阿难成婚,我意拟与成全。唯阿难已是沙门比丘,你如愿嫁,也须出家一次。你须精进修行,待你之道心能与阿难相比,我当为你们主婚。"

摩登伽女满心喜悦,高高兴兴,剃发染衣,为比丘尼,精进修行,不敢懈怠。

摩登伽女逐日听闻佛法,心渐平静,服膺佛说,五欲乃众苦之源,犹飞蛾投火,春蚕自缚,愚痴自取。去除五欲,乃能清净。反思往日,迷恋阿难,乃不善不净业行。遂伏跪佛前,流泪忏悔:

"伟哉佛陀,我已从糊涂梦中醒来,不会再如往昔,愚痴胡为。我自觉此时所修证圣果,或已超过阿难比丘。佛陀为度化我辈众生,用尽苦心,与诸方便。请佛陀慈悲怜悯,许我忏悔，我愿生生世世，永循佛陀足迹，播种真理。"

佛陀欣然称善。

摩登伽女皈依悟道，在众僧中传为佳话，但反对者，亦颇有人。凡愚信众及异教人尤多非议，认为首陀罗族下贱女子加入圣人集团，实在不成体统。佛陀心平气和，不予置辩。

或一日，佛陀集合僧众，诲之曰："你们皆我弟子。我，海洋也。你等皆是百川。百川既入海洋，既无昔日名称，概可称之海洋。你们之中，从前或为贵族，为婆罗门，为吠舍，为首陀罗，一旦出家，依我为弟子，以前名字及阶级身份，一概除去，一律称为沙门或比丘，千万不可再有贵贱之分。"

然而非难之声，未能息也。事为憍萨弥罗国波斯匿王所闻，心甚不安，乃率臣属往祇园，欲面白佛陀，进一忠言。佛陀知其来意，问讯之后，即开口说道：

"世俗评议，未必是真理，各依相习我见出发而已。首陀罗女子出家，如我昔允多人为比丘似，无足怪也。我是三界之导师，四生之慈父，无论何人，只要具善根，与佛有缘，我莫不摄受，不能丢弃。世间非难，犹如飘风，不久自息。"

波斯匿王，闻佛开示，心中豁然，恭敬顶礼而退。

释迦牟尼

摩登伽女出家不久,即证得阿罗汉果。昔日所非议之比丘,皆极惭愧。

因人施教

笨人一偈

佛陀走出精舍,见一比丘大声号哭。比丘名周利槃陀伽,是一笨人。佛陀亦知其人,即问:

"以何缘故,于此号哭?"

周利槃陀伽答云:

"佛陀!我生性愚钝。我随哥哥出家,日前教我背诵一偈,我记不住。哥哥言我修道无望,命我回家,不准住在这里。我被赶逐,是以啼哭。"

佛陀曰:"有是乎?你随我来。自己知道愚笨,即是智者。真愚钝人,乃自作聪明者。"

佛陀回至精舍,即令阿难教授周利槃陀伽。经过数日,阿难白佛:"他脑如石块,我实无法。"

佛陀乃亲教授之。佛陀教其持诵"拂尘除垢"偈语,他仍记不住。众比丘都说:"此人修道无望!"佛陀乃告周利槃陀伽：

"你用笤帚扫地，并为众比丘拂拭衣履及诸杂物灰尘，一面做事，一面持念偈颂。"

周利槃陀伽即认真工作，一心持颂。渐渐体味此偈意义，乃自思："所谓尘垢，实有两种，一者为内，一者为外。外面尘垢，灰土瓦石，容易清除。内心尘垢，是贪瞋无明烦恼，须大智慧方能清除。人欲即尘垢，智者必除欲，不断除欲，不能了生死。以欲生种种灾难苦恼因缘，人为束缚，不能自由。无欲，心才清净，得自由解脱。"周利槃陀伽渐息三毒之心，入平等境，爱憎好恶之念不起，脱出无明，如脱甲壳。他一时豁然开朗，生大欢喜，遂往顶礼佛陀：

"佛陀！我现在已了解，已拂除内心尘垢。"

佛陀深为嘉许，谓诸比丘：

"诵经多部，不解经义，如鹦鹉耳。苟能力行，一偈已足。"

担粪尼提

佛陀偕阿难在舍卫城行化，到城郊时，迎面走来一人，乃受雇为人担粪者尼提。尼提远远望见佛陀，非常恐慌。他崇拜佛陀，但不敢见佛。他觉佛陀乃人天师范，清净崇高，己所执役，至为秽贱，岂可与佛相近？佛陀知尼提心，即令阿难先行，自己绕道，来逢尼提。

尼提见佛，即想避开，然佛陀径直走来，尼提恐缩，东闪西躲，反将粪桶弄翻，污秽满途。尼提不知如何是好，即跪于道旁，合掌称罪："佛陀佛陀，真对不起！"

佛陀即呼其名："尼提——"

尼提不信其耳：佛陀会叫我名字？

佛陀又亲切与言：

"尼提，你今即随我出家，好么？"

尼提大惊，道："佛陀！尼提是卑贱污秽之人，你亦许我出家耶？你僧团中都是刹帝利王子及婆罗门修道者，我能和他们一样，作伟大佛陀弟子？"

佛陀笑曰：

"尼提！勿尔！我法如清净水，能洗清一切污秽。我法如炽烈大火，无大小好恶，皆能烧毁。我法如大海，能包容万有。但受我法，即能离种种欲。于我法中，贫富、贵贱、种姓，皆无区别。贫富、贵贱、种姓，并是虚妄假名。肉体是四大五蕴假合之色身，若无智慧，不来修行，皆不能得救。"

尼提欢喜，即默默跟随佛陀，回至祇园精舍。佛陀令阿难带尼提到城外大河洗身洁心，然后换著袈裟。佛陀不舍众生，尼提从此出家。

闻二百亿修行

闻二百亿，亦名二十亿耳，其听至聪，善辨音律，乃著名音乐家。家本豪富，父母珍爱，幼年抚育，不使其足践于有土地上，致闻二百亿足下生出很多黑毛。一日，闻二百亿听佛陀说法，很受感动，发愿披剃出家，过头陀生活：日中一食，树下一宿。心愿偏激，急于证果。

闻二百亿本是娇生惯养，刻苦修行，身渐衰弱，仍不开悟。到后来他感到难以支持，即想还俗，为佛护法，以布施求悟。

佛陀闻知，即往见之，问曰：

"闻君善琴，夫奏琴者，安弦过松，则如何？"

曰："过松则无音。"

"过紧，则如何？"

"过紧，则弦易断。"

"修行亦如张弦耳。不宜太松，不宜太紧，放得心地平和，自然有进。凡事都有程度，不可求之过急也。"

闻二百亿遂悟，不久证得阿罗汉果。

调 马 师

有调马师往诣佛陀,求指迷津。佛陀知其身份,即云:

"你善知马,我今问你,调服众马,究有几法?"

调马师率尔对曰:"我之调马,共有三法。一为柔软,二为刚强,三是刚柔相济。"

"设此三法,都不能调伏,更有何法?"

"更无法矣,只有把它杀掉。——敢问佛陀,有何方法,调御众生?"

佛陀答云:"亦用三法,一是柔软,二是刚强,三是刚柔相济。"

"或此三法,都不能调伏,则将如何?"

"尚有何法乎?亦只有把他杀掉。"

尔时调马师极为惊疑,乃问:

"佛陀,你教法中,杀生岂不犯戒?"

佛陀正色而言:

"诚哉言也。佛陀教法中,杀生是不净业,要受因果轮回。然我所谓杀,与你流血之杀迥异。众生如用柔软、刚强及柔软刚强办法,都不能调伏时,即不足与之交谈,不必教授,不必理睬。设若一人,不能教授,不听教诫,只得舍之,此于杀掉,非一样乎?"

调马师解佛陀意，俯伏低头，即请皈依佛陀。

鬼 子 母

佛陀在大兜国说法时，其国中有一女人，生子甚多。彼甚爱其子，但又喜偷食别人孩子。大兜国中，为父母者，悉皆忧虑，畏失其子。

诸比丘于街市闻知此事，即启白佛。佛陀早知此非平常女人，闻此国中有鬼子母，喜偷食人子。非用言语，即可使其改心也。即令一比丘，俟鬼子母不在家时，将其最小爱子嫔伽罗抱来精舍。

鬼子母回家，不见其最爱幼子，悲哀哭泣不止。不进饮食，状如发狂，已有多日。佛陀一日，遂寻机会，而往逢之。

鬼子母见是佛陀，暂止啼哭，揾泪而言：

"我不在家时，我子为人偷去。"

"当人盗取你子时，你何不在家看守？其时往何处去，外出为何事耶？"

佛陀问迄，鬼子母心跳怦怦，缘她失子之时，亦她正偷别家孩子时，此是当然果报。鬼子母始知自己残忍错误，一时生悔改心，五体投地，顶礼佛陀。

佛陀复问:"你爱你子乎?"

曰:"嫔伽罗乃我所最爱者,若少此儿,我即难活。"

佛陀即开示曰:

"你爱你子,他人亦爱己子,你失去孩子伤心,独不知你盗食别人孩子,其人亦如你哭泣乎?——你现希望能找到孩子否?"

"但能把嫔伽罗给我,教作何事,我皆愿意。"

佛陀知鬼子母改恶之心,即云:

"我能帮你找到孩子,然你是否懊悔盗食他人子是罪恶行?"

"我极懊悔,请佛陀慈悲教我,我当遵示照办。"

佛陀曰:

"你从今后,第一不要乱杀生,第二不要乱盗取,第三不要乱邪淫,第四不要乱妄言,第五不要乱饮食,并用慈母天性,照顾天下孩子。"

鬼子母诚恳接受佛陀教诫,佛陀即还其子嫔伽罗。鬼子母心中欢喜,匪可言喻。彼即发愿:从此作天下孩子之保护者。

目犍连故事

佛陀弟子,至为众多。在家优婆塞、优婆夷,不可胜数。出家弟子,仅证得阿罗汉果常随众比丘即有一千二百五十五人。其中最特出者,为十大比丘弟子:

智慧第一　舍利弗

神通第一　目犍连

说法第一　富楼那

解空第一　须菩提

论议第一　迦旃延

头陀第一　大迦叶

天眼第一　阿那律

持戒第一　优波离

多闻第一　阿难陀

密行第一　罗睺罗

是十人者,各有专长,帮助佛陀宣扬教化,其功甚伟,不可磨灭。十大比丘,各有事迹,今但述目犍连事。

目犍连亦名目连,即中土流传"目连救母"故事之目连也。

目犍连有过人的本领:耳闻声,不分远近都能听到。眼视物，不分内外都能看到。甚至人心念头，亦能知也。

目犍连过一园林，有莲花色女，虽已中年，美色无双，烟视媚行，而近目犍连，点头为礼，谓目犍连：

"目犍连尊者，得闲空否？能否与我谈谈？"

目犍连谛视莲花色女，不但见其面，亦见其心。原来莲花色女是一卖笑女人，身有一段传奇经历，今受外道唆使，欲以美色，诱惑目犍连，坏其戒行。

目犍连洞悉莲花色女企图，即驻足而语之：

"可怜女人！你之遭遇何其不幸！你何不为自己的不幸而烦恼，反倒细心打扮，逞其妖艳？你自觉美丽，然我看你的身体是丑的，脏的，且我知道你心中有非分想法。人之外表，皮囊而已。身体之中，骨与骨相连，筋与筋交错，扭曲如蛇。赤血黑血，于内流转。汗液泪水，泄出九孔。你不知人身不净，装饰冶容，自迷于虚妄之美，如象溺于泥沼中，愈陷愈深，实可悲悯。"

莲花色女闻言震惊，如浇冷水，心中忏悔，流泪而言：

"尊者！所言极是。我装饰污秽之体，以是惑人，实在我亦厌恶我身。然我无法，我终将为恐怖因果所缠。"

目犍连安慰之曰：

"你勿自暴自弃。往事不戒，但悔前愆，无不可救。衣服脏时，可用水洗。身体脏时，亦可水洗。心不净时，以佛法洗。任是百川污浊，只要流入大海，海水亦能洗清流入之水。我师佛陀教示，能洗净污浊人心，使皆悟道得救。"

莲花色女闻言欢喜，又似不信，云：

"佛陀教示有是慈悲伟大乎？尊者尊者！你尚不知道我之过去，我若说出，你必避面掉头，不愿一听。"

"你试说来。"

莲花色女挹泪而言：

"尊者！我名莲花色女，是德叉尸罗城中长者女儿。十六岁时，父母为我招赘夫婿。不久，父亲去世，寡母竟与我丈夫私通。我知道时，肝肠寸断。其时我已与丈夫生一女孩。我一气之下，即舍弃女儿离家出走。离家之后，转徙漂泊。数年之后，又改嫁另一丈夫。双栖有日，亦颇和谐。一次，丈夫出外经商，由德叉尸罗城回来，瞒我耳目，以数千金，纳一小妾。初守秘密，藏之于朋友家。我渐有闻，乃大哭闹，必要看看此女，长得如何娇艳，何以竟能夺我丈夫对我爱情！尊者尊者！不看则已，一看之下，当即闷绝：原来此女，是我与前夫所生女儿！

"尊者！我能不悲伤乎？我之罪孽何若是深重？当初，母亲夺去我丈夫；今也，女儿又和我合争一丈夫。天捉弄人，至于如此！复何面目，能见人耶？我于是又离家出走。我讨厌世间，讨厌人类，遂为卖笑淫女。我欲游戏世间，玩弄人类，以泄愤懑。荒唐放逸，无所顾忌。但与我钱，任何事情，都做得出！我言至此，尊者当知，我缘何来此，向你之戒行挑战矣！我当如何向尊者忏悔？"

莲花色女述其身世，目犍连并未轻鄙，反倒看到莲花色女此时之心至真，至善，至美。乃容色慈蔼，与之言曰：

"听你身世，我心恻然，此真一段恶因缘！但能依佛陀教示而行，则此因缘终有了结。大海遥阔，大地无边，种种污秽，皆可藏纳。只要你能忏悔过去，精进佛道，种种业行，皆无痕迹。获佛救济，此其时矣。机缘已到，何不即随我往见佛陀？"

莲花色女欢喜无限。以是因缘，为佛弟子。

后在佛陀女众弟子僧圈中，莲花色女成比丘尼模范。在比丘中，目犍连神通第一；比丘尼中，莲花色女神通第一。

献身推动法轮，贡献最大者，为舍利弗与目犍连。佛陀倚之，如左右手。佛教隆盛，深为异道所恨。佛陀威德，为异道所惧，又畏其为国王所保护，乃蓄意先除佛陀两臂。

目犍连在弘法途中，经伊私阇梨山，方静坐时，为裸形外道所见，即集合多人，从山上投石，石落如雨，目犍连安坐不动，无常肉身，碎为肉酱，其色身竟与世长辞矣。

诸比丘闻目犍连殉教，或极悲伤，或极愤怒，群情激越，欲为报仇，咸往白佛：

"尊者目犍连,有大神通,除非业力现前,诸恶不能加害,今罹此惨,真是业报现前耶?"

佛陀安静如恒,示诸比丘曰:

"然。肉体本无常,业报须了结。夫生与死,在觉悟者,不成问题。有生即有死,死何可惧?最要紧者,死时不迷不惑。今目犍连不迷而入涅槃,他的牺牲,无限之美。"

涅 槃

涅槃即逝世。

涅槃意为圆寂,即智慧福德圆满成就,永恒寂静最安乐境界。佛教以为此境界"唯圣者所知",不可以"有、无、来、去"观念测度,是不可思议解脱境界。

佛陀应身年龄八十岁时,传道不倦。一日偕阿难行化,至遮婆罗塔地方,适比丘多人,于此集会。佛陀语诸比丘:

"今得与诸比丘相遇,是好机缘。我要讲者,都已与你们讲过。今我应身年老,譬如车之将坏,用心保养,亦不济事。我将在三个月后,于拘尸迦罗城娑罗双树间依法性进入涅槃,获无上安稳。我将永久照顾你们,照顾未来一切信我之众生。

"你们不要伤心。天地万物，有生即无常之相，此是定律，概莫能外。我昔不曾言乎：所爱必有散失时，会合必有别离时。人间心物所合身体，即是无常，即不能如人所想一样自由。

"欲佛陀之应身永住，是违背法性之自然规则。我固不能违背法性。苟欲我永住世间，而你们却不依我所指教法而行，即我活至千年万年，又有何用？若能依我教化而行，即我永久活在你们心中。我之法目慧命，当遍于一切处，和你们及未来众生同在。"

佛陀经波婆城阇头园，曾受金银匠淳陀所供养旃檀茸（一种菌类），食后即觉不适。佛陀于竹芳村处示疾，但尚能沿途行化。至拘尸迦罗城，佛陀吩咐阿难在娑罗双树间敷座设床，以左胁着床，累足而卧，头北面西。因佛法将向北宏传，亦将于西方兴盛。今世雕塑佛涅槃像，即俗谓"卧佛"者，皆作此相。

二月十五日夜，佛陀以吉祥姿势，静卧于娑罗双树间床上，时鸟兽无声，树不鸣条，佛陀心如止水，极为安静。至午夜时，月色皎洁，流星过空，佛陀进入涅槃。时娑罗双树变为白色，狂风四起，山川震动，火从地出，清流沸滚，天人擂鼓打锣，诸弟子椎胸痛哭，百兽自山中奔出，群鸟在林间乱飞，同为三界导师涅槃致哀。

佛陀示疾时，阿难曾问，涅槃之后，用何葬式。佛陀曾为说转轮圣王葬法："先以香汤洗体，后用新净吉贝（即棉花）包裹，其上再包五百毛毡，装入金棺，棺内浇灌麻油，纳金棺于铁椁，外用旃檀香廓围绕，上堆名香，四面安布鲜花……"

佛陀沉思片时，接云："佛陀可自用三昧真火荼毗（火化）。你们收取舍利（遗骨），于十字路口建塔寺，俾过路人思慕信仰。"

佛涅槃后，比丘弟子，葬之如其式。

一九九一年三月二十二日写讫

释迦牟尼大事年表

（约公元前五六六年—约公元前四八六年）

约公元前五六六年

吠舍佉月十五日（中国夏历四月八日），释迦牟尼诞生于迦毗罗卫国（今尼泊尔境内）蓝毗尼花园中。父亲为净饭王，释迦牟尼是长子，原名为乔答摩·悉达多，属刹帝利王族。母亲摩耶夫人生子七日后逝世。

乔答摩·悉达多太子由姨母摩诃波阇波提夫人养育。

约公元前五五九年　七岁

乔答摩·悉达多太子开始接受婆罗门学者有关文学、哲学、算学等方面的教育。

约公元前五五四年　十二岁

随武士学习击剑、骑射，成为文武兼备，天资聪慧的王位继承人。

悉达多太子幼年即有沉思的习惯，所读吠陀书（Veda，婆罗门经典）未能解决他的苦恼——如何解脱世界的苦痛，于是产生了出家的欲望。

约公元前五四九（或五四七）年　十七（或十九）岁

悉达多太子纳天臂城主之女耶输陀罗为妃。

约公元前五三七（或五四七）年　二十九（或十九）岁

悉达多太子出家。净饭王阻止不成，便派五名侍从憍陈如、摩诃跋提、阿舍婆誓、摩男俱利、十力迦叶跟从。

悉达多太子拜访了频婆娑罗王、阿罗蓝仙人、郁陀仙人，但仍未得到答案和解脱。

悉达多太子进入尼连禅河畔的森林中与苦行人一起苦修，历时六年，千辛万苦，却一无所获。遂决心重新选择。

约公元前五三一年　三十五岁

悉达多太子渡过尼连禅河，向波罗奈城进发。在伽耶山麓（今印度比哈尔省伽耶城南郊）一棵毕钵罗树下，他面对东方盘腿端坐，思考解脱之道。经过四十九昼夜的苦思冥想，终于战胜烦恼魔障，大觉大悟，创立了佛教的基本教义，成为佛陀。

约公元前五三〇年　三十六岁

佛陀开始了长达四十年之久的传教生涯：

在波罗奈城的鹿野苑（今称那勒斯城），佛陀初转法轮，说服憍陈如等五名侍从皈依佛教。后又说服拜火教迦叶兄弟率弟子一千余人皈依佛门。

在摩揭陀国，宣教于频婆娑罗王及其臣属，后又在王舍城竹林精舍及灵鹫山传教，入教者众多，其中有三位弟子辅助佛陀，对佛教昌盛、发展做出重要贡献，他们分别是舍利弗（智慧第一）、目犍连（神通第一）、大迦叶（头陀第一）等。

在憍萨弥罗国舍卫城祇园精舍（又称"祇树给孤独园"）传教，佛教影响日渐扩大，远播中印度各地。

回到故乡——迦毗罗卫国传教，佛陀的异母弟难陀，堂兄弟阿难陀、提婆达多，儿子罗睺罗，姨母摩诃波阇波提等人，皆皈依佛教。

佛陀传教足迹北至迦毗罗卫，南至波罗奈斯，东至瞻波，西至俱睒弥，遍及中印度。佛陀弟子不可胜计，其中证得阿罗汉果并跟从佛陀的众比丘有一千二百五十五人，内中最为突出者为十大比丘。

约公元前四八六年　八十岁

佛陀传教至拘尸迦罗（今印度联合省伽夏城），在河边娑罗双树的绳床上涅槃。火化后，佛的舍利（即遗骨）被摩揭陀国和释迦族等八国分别带去一部分，各自建塔安奉。

（说明：本年表依据中国佛教学术界的传统说法编成，与东南亚和南亚佛教界的说法有异。）

《聊斋志异》原文

瑞 云

瑞云,杭之名妓,色艺无双。年十四,其母蔡媪,将使出应客。瑞云曰:"此奴终身发轫之始,不可草草。价由母定,客则听奴自择之。"媪曰:"诺。"乃定价十五金,逐日见客。然见者必以贽:贽厚者,接以弈,酬以画;薄者,一茶而已。瑞云名噪已久,富商贵介,接踵于门。余杭贺生,才名夙著,而家仅中资。素仰瑞云,固未敢拟同鸳梦,亦竭微贽,冀得一睹芳泽,窃恐其阅人既多,不以寒酸在意;及至相见一谈,而款接殊殷。坐语良久,眉目含情,作诗赠生曰:"何事求浆者,蓝桥叩晓关?有心寻玉杵,端只在

---

* 据《铸雪斋抄本聊斋志异》,上海古籍出版社一九七九年版。

人间。"生得诗狂喜。更欲有言,忽小鬟来白"客至",生仓猝遂别。既归,吟玩诗意,梦魂萦扰。过一二日,情不自已,修贽复往。瑞云接见良欢。移坐近生,悄然曰:"能图一宵之聚否?"生曰:"穷踧之士,惟有痴情可献知己。一丝之贽,已竭绵薄。得近芳容,私愿已足;若肌肤之亲,何敢作此梦想。"瑞云闻之,戚然不乐,相对遂无一语。生久坐不出,媪频唤瑞云以促之,生乃归。心甚悒悒,思欲罄家以博一欢,而更尽而别,此情复何可耐?筹思及此,热念都消,由是音息遂绝。瑞云择婿数月,不得一当,媪恚,将强夺之。一日,有秀才投贽,坐语少时,便起,以一指按女额曰:"可惜,可惜!"遂去。瑞云送客返,共视额上有指印黑如墨,濯之益真。过数日,墨痕益阔;年余,连额彻准矣。见者辄笑,而车马之迹以绝。媪斥去妆饰,使与婢辈伍。瑞云又荏弱,不任驱使,日益憔悴。贺闻而过之,见蓬首厨下,丑状类鬼。举目见生,面壁自隐。贺怜之,与媪言,愿赎作妇。媪许之。贺货田倾装,买之以归。入门,牵衣揽涕,不敢以伉俪自居,愿备妾媵,以俟来者。贺曰:"人生所重者知己:卿盛时犹能知我,我岂以衰故忘卿哉!"遂不复娶。闻者又姗笑之,而生情益笃。居年余,偶至苏,有和生与同主人,忽问:"杭有名妓瑞云,近如何矣?"贺曰:"适人矣。"问:"何人?"曰:"其人率与仆等。"和曰:"若能如君，可谓得人矣。不知其价几何？"贺曰："缘有奇疾，姑从贱售耳。不然，如仆者，何能于勾栏中买佳丽哉！"又问："其人果能如君否？"贺以其问之异，因反诘之。和笑曰："实不相欺：昔曾一觐其芳仪，甚惜其以绝世之姿，而流落不偶，故以小术晦其光而保其璞，留待怜才者之真赏耳。"贺急问曰："君能点之，亦能涤之否？"和笑曰："乌得不能，但须其人一诚求耳。"贺起拜曰："瑞云之婿，即某是也。"和喜曰："天下惟真才人为能多情，不以妍媸易念也。请从君归，便赠一佳人。"遂同返杭。抵家，贺将命酒。和止之曰："先行吾法，当先令治具者有欢心也。"即令以盥器贮水，戟指而书之，曰："濯之当愈。然须亲出一谢医人也。"贺喜谢，笑捧而去，立俟瑞云自靧之，随手光洁，艳丽一如当年。夫妇共德之，同出展谢，而客已渺，遍觅之不得，意者其仙欤？

黄　英

马子才，顺天人。世好菊，至才尤甚。闻有佳种，必购之，千里不惮。一日，有金陵客寓其家，自言其中表亲有一二种，为北方所无。马欣动，即刻治装，从客至金陵。客多方为之营求,得两芽,裹藏如宝。归至中途,遇一少年,跨蹇从油碧车,丰姿洒落。渐近与语。少年自言:"陶姓。"谈言骚雅。因问马所自来,实告之。少年曰:"种无不佳,培溉在人。"因与论艺菊之法。马大悦,问:"将何往?"答云:"姊厌金陵,欲卜居于河朔耳。"马欣然曰:"仆虽固贫,茅庐可以寄榻。不嫌荒陋,无烦他适。"陶趋车前,向姊咨禀。车中人推帘语,乃二十许绝世美人也。顾弟言:"屋不厌卑,而院宜得广。"马代诺之,遂与俱归。第南有荒圃,仅小室三四椽,陶喜,居之。日过北院,为马治菊。菊已枯,拔根再植之,无不活。然家清贫,陶日与马共饮食,而察其家似不举火。马妻吕,亦爱陶姊,不时以升斗馈恤之。陶姊小字黄英,雅善谈,辄过吕所,与共纫绩。陶一日谓马曰:"君家固不丰,仆日以口腹累知交,胡可为常。为今计,卖菊亦足谋生。"马素介,闻陶言,甚鄙之,曰:"仆以君风流雅士,当能安贫;今作是论,则以东篱为市井,有辱黄花矣。"陶笑曰:"自食其力不为贪,贩花为业不为俗。人固不可苟求富,然亦不必务求贫也。"马不语,陶起而出。自是,马所弃残枝劣种,陶悉掇拾而去。由此不复就马寝食,招之始一至。未几,菊将开,闻其门嚣喧如市。怪之,过而窥焉,见市人买花者,车载肩负,道相属也。其花皆异种,目所未睹。心厌其贪,欲与绝;而又恨其私秘佳种,遂款其扉，将就诮让。陶出，握手曳入。见荒庭半亩皆菊畦，数椽之外无旷土。刈去者，则折别枝插补之；其蓓蕾在畦者，罔不佳妙；而细认之，尽皆向所拔弃也。陶入屋，出酒馔，设席畦侧，曰："仆贫不能守清戒，连朝幸得微资，颇足供醉。"少间，房中呼"三郎"，陶诺而去。俄献佳肴，烹饪良精。因问："贵姊胡以不字？"答云："时未至。"问："何时？"曰："四十三月。"又诘："何说？"但笑不言。尽欢始散。过宿，又诣之，新插者已盈尺矣。大奇之，苦求其术。陶曰："此固非可言传；且君不以谋生，焉用此？"又数日，门庭略寂，陶乃以蒲席包菊，捆载数车而去。逾岁，春将半，始载南中异卉而归，于都中设花肆，十日尽售，复归艺菊。问之去年买花者，留其根，次年尽变而劣，乃复购于陶。陶由此日富：一年增舍，二年起夏屋。兴作从心，更不谋诸主人。渐而旧日花畦，尽为廊舍。更于墙外买田一区，筑墉四周，悉种菊。至秋，载花去，春尽不归。而马妻病卒。意属黄英，微使人风示之。黄英微笑，意似允许，惟专候陶归而已。年余，陶竟不至。黄英课仆种菊，一如陶。得金益合商贾，村外治膏田二十顷，甲第益壮。忽有客自东粤来，寄陶生函信，发之，则嘱姊归马。考其寄书之日，回忆园中之饮，适四十三月也，大奇之。以书示英，请问"致聘何所"。英辞不受采。又以故居陋，欲使就南第居，若赘焉。马不可,择日行亲迎礼。黄英既适马,于间壁开扉通南第,日过课其仆。马耻以妻富,恒嘱黄英作南北籍,以防淆乱。而家所需,黄英辄取诸南第。不半岁,家中触类皆陶家物。马立遣人一一赍还之,戒勿复取。未浃旬,又杂之。凡数更,马不胜烦。黄英笑曰:"陈仲子毋乃劳乎?"马惭,不复稽,一切听诸黄英。鸠工庀料,土木大作,马不能禁。经数月,楼舍连垣,两第竟合为一,不分疆界矣。然遵马教,闭门不复业菊,而享用过于世家。马不自安,曰:"仆三十年清德,为卿所累。今视息人间,徒依裙带而食,真无一毫丈夫气矣。人皆祝富,我但祝穷耳!"黄英曰:"妾非贪鄙;但不少致丰盈,遂令千载下人,谓渊明贫贱骨,百世不能发迹,故聊为我家彭泽解嘲耳。然贫者愿富,为难;富者求贫,固亦甚易。床头金任君挥去之,妾不靳也。"马曰:"捐他人之金,抑亦良丑。"英曰:"君不愿富,妾亦不能贫也。无已,析君居:清者自清,浊者自浊,何害。"乃于园中筑茅茨,择美婢往侍马。马安之。然过数日,苦念黄英。招之,不肯至;不得已,反就之。隔宿辄至,以为常。黄英笑曰:"东食西宿,廉者当不如是。"马亦自笑,无以对,遂复合居如初。会马以事客金陵,适逢菊秋。早过花肆,见肆中盆列甚繁,款朵佳胜,心动,疑类陶制。少间,主人出,果陶也。喜极,具道契阔,遂止宿焉。要之归。陶曰:"金陵,吾故土,将婚于是。积有薄资，烦寄吾姊。我岁杪当暂去。"马不听，请之益苦。且曰："家幸充盈，但可坐享，无须复贾。"坐肆中，使仆代论价，廉其直，数日尽售。逼促囊装，赁舟遂北。入门，则姊已除舍，床榻裯褥皆设，若预知弟也归者。陶自归，解装课役，大修亭园，惟日与马共棋酒，更不复结一客。为之择婚，辞不愿。姊遣二婢侍其寝处，居三四年，生一女。陶饮素豪，从不见其沉醉。有友人曾生，量亦无对。适过马，马使与陶相较饮。二人纵饮甚欢，相得恨晚。自辰以迄四漏，计各尽百壶。曾烂醉如泥，沉睡座间。陶起归寝，出门践菊畦，玉山倾倒，委衣于侧，即地化为菊，高如人；花十余朵，皆大如拳。马骇绝，告黄英。英急往，拔置地上，曰："胡醉至此！"覆以衣，要马俱去，戒勿视。既明而往，则陶卧畦边。马乃悟姊弟皆菊精也，益敬爱之。而陶自露迹，饮益放，恒自折柬招曾，因与莫逆。值花朝，曾乃造访，以两仆舁药浸白酒一坛，约与共尽。坛将竭，二人犹未甚醉。马潜以一瓶续入之，二人又尽之。曾醉已惫，诸仆负之以去。陶卧地，又化为菊。马见惯不惊，如法拔之，守其旁以观其变。久之，叶益憔悴。大惧，始告黄英。英闻骇曰："杀吾弟矣！"奔视之，根株已枯。痛绝，掐其梗，埋盆中，携入闺中，日灌溉之。马悔恨欲绝，甚怨曾。越数日，闻曾已醉死矣。盆中花渐萌，九月既开，短干粉朵，嗅之有酒香,名之"醉陶",浇以酒则茂。后女长成,嫁于世家。黄英终老,亦无他异。

异史氏曰:"青山白云人,遂以醉死,世尽惜之,而未必不自以为快也。植此种于庭中,如见良友,如见丽人,不可不物色之也。"

促 织

宣德间,宫中尚促织之戏,岁征民间。此物故非西产;有华阴令欲媚上官,以一头进,试使斗而才,因责常供。令以责之里正。市中游侠儿,得佳者笼养之,昂其直,居为奇货。里胥猾黠,假此科敛丁口,每责一头,辄倾数家之产。邑有成名者,操童子业,久不售。为人迂讷,遂为猾胥报充里正役,百计营谋不能脱。不终岁,薄产累尽。会征促织,成不敢敛户口,而又无所赔偿,忧闷欲死。妻曰:"死何益?不如自行搜觅,冀有万一之得。"成然之。早出暮归,提竹筒铜丝笼,于败堵丛草处探石发穴,靡计不施,迄无济;即捕三两头,又劣弱不中于款。宰严限追比;旬余,杖至百,两股间脓血流离,并虫不能行捉矣。转侧床头,惟思自尽。时村中来一驼背巫,能以神卜。成妻具资诣问。见红女白婆，填塞门户。入其室，则密室垂帘，帘外设香几。问者爇香于鼎，再拜。巫从旁望空代祝，唇吻翕辟，不知何词。各各竦立以听。少间，帘内掷一纸出，即道人意中事，无毫发爽。成妻纳钱案上，焚香以拜。食顷，帘动，片纸抛落。拾视之，非字而画：中绘殿阁，类兰若；后小山下，怪石乱卧，针针丛棘，青麻头伏焉；旁一蟆，若将跳舞。展玩不可晓。然睹促织，隐中胸怀。折藏之，归以示成。成反复自念，得无教我猎虫所耶？细瞻景状，与村东大佛阁真逼似。乃强起扶杖，执图诣寺后。有古陵蔚起；循陵而走，见蹲石鳞鳞，俨然类画。遂于蒿莱中，侧听徐行，似寻针芥；寻之多时，绝无踪响。冥搜未已，一癞头蟆猝然跃去。成益愕，急逐之。蟆入草间。蹑迹披求，见有虫伏棘根；遽扑之，入石穴中。掭以尖草，不出；以筒水灌之，始出。状极俊健，逐而得之。审视，巨身修尾，青项金翅。大喜归，举家庆贺。于是上于盆而养之，蟹白栗黄，备极护爱，留待限期，以塞官责。成之子窃发盆视之，虫径跃去；及扑入手，已股落腹裂，斯须就毙。儿惧，啼告母。母闻之，面色灰死，大骂曰："业根！死至矣！翁归，自与汝复算耳！"未几成入，闻妻言，如被冰雪。怒索儿，儿已投入井中。因而化怒为悲，抢呼欲绝。夫妻向隅，茅舍无烟，相对默然，不复聊赖。日将暮，取儿藁葬。近抚之，气息惙然。喜置榻上，半夜复苏。夫妻心稍慰。但蟋蟀笼虚,顾之则气断声吞,亦不敢复究儿。自昏达曙,目不交睫。东曦既驾,僵卧长愁。忽闻门外虫鸣,惊起觇视,虫宛然尚在。喜而捕之。一鸣辄跃去,行且速。覆之以掌,虚若无物;手裁举,则又超而跃。急趁之。折过墙隅,迷其所往。徘徊四顾,见虫伏壁上。审谛之,短小,黑赤色,顿非前物。成以其小,劣之。惟徬徨瞻顾,寻所逐者。壁上小虫,忽跃落襟袖间,视之,形若土狗,梅花翅,方首长胫,意似良。喜而收之。将献公堂,惴惴恐不当意,思试之斗以觇之。村中少年好事者,驯养一虫,自名"蟹壳青",日与子弟角,无不胜。欲居之以为利;而高其直,亦无售者。径造庐访成。视成所蓄,掩口胡卢而笑。因出己虫,纳比笼中。成视之,庞然修伟,自增惭怍,不敢与较。少年固强之。顾念蓄劣物终无所用,不如拼博一笑。因合纳斗盆。小虫伏不动,蠢若木鸡。少年又大笑。试以猪鬣毛撩拨虫须,仍不动。少年又笑。屡撩之,虫暴怒,直奔,遂相腾击,振奋作声。俄见小虫跃起,张尾伸须,直龁敌领。少年大骇,解令休止。虫翘然矜鸣,似报主知。成大喜。方共瞻玩,一鸡瞥来,径进一啄。成骇立愕呼。幸啄不中,虫跃去尺有咫;鸡健进,逐逼之,虫已在爪下矣。成仓猝莫知所救,顿足失色。旋见鸡伸颈摆扑;临视,则虫集冠上,力叮不释。成益惊喜,掇置笼中。翼日进宰。宰见其小，怒诃成。成述其异，宰不信。试与他虫斗，虫尽靡；又试之鸡，果如成言。乃赏成，献诸抚军。抚军大悦，以金笼进上，细疏其能。既入宫中，举天下所贡蝴蝶、螳螂、油利挞、青丝额……一切异状，遍试之，无出其右者。每闻琴瑟之声，则应节而舞。益奇之。上大嘉悦，诏赐抚臣名马衣缎。抚军不忘所自，无何，宰以"卓异"闻。宰悦，免成役。又嘱学使，俾入邑庠。由此以善养虫名，屡得抚军殊宠。不数岁，田百顷，楼阁万椽，牛羊蹄躈各千计。一出门，裘马过世家焉。

异史氏曰："天子偶用一物，未必不过此已忘；而奉行者即为定例。加之官贪吏虐，民日贴妇卖儿，更无休止。故天子一跬步，皆关民命，不可忽也。第成氏子以蠹贫，以促织富，裘马扬扬。当其为里正、受扑责时，岂意其至此哉！天将以酬长厚者，遂使抚臣、令尹，并受促织恩荫。闻之：一人飞升，仙及鸡犬。信夫！"

石 清 虚

邢云飞，顺天人。好石，见佳不惜重直。偶渔于河，有物挂网，沉而取之，则石径尺，四面玲珑，峰峦叠秀。喜极,如获异珍。既归,雕紫檀为座,供诸案头。每值天欲雨,则孔孔生云,遥望如塞新絮。有势豪某,踵门求观。既见,举付健仆,策马径去。邢无奈,顿足悲愤而已。仆负石至河滨,息肩桥上,忽失手堕诸河。豪怒,鞭仆。即出金雇善泅者,百计冥搜,竟不可见。乃悬金署约而去。由是寻石者日盈于河,迄无获者。后邢至落石处,临流于邑,但见河水清澈,则石固在水中。邢大喜,解衣入水,抱之而出。携归,不敢设诸厅所,洁治内室供之。一日,有老叟款门而请。邢托言石失已久。叟笑曰:"客舍非耶?"邢便请入舍,以实其无。及入,则石果陈几上。愕不能言。叟抚石曰:"此吾家故物,失去已久,今固在此耶。既见之,请即赐还。"邢窘甚,遂与争作石主。叟笑曰:"既汝家物,有何验证?"邢不能答。叟曰:"仆则故识之。前后九十二窍,孔中五字云:'清虚天石供。'"邢审视,孔中果有小字,细如粟米,竭目力才可辨认;又数其窍,果如所言。邢无以对,但执不与。叟笑曰:"谁家物,而凭君作主耶!"拱手而出。邢送至门外;既还,已失石所在。邢急追叟,则叟缓步未远。奔牵其袂而哀之。叟曰:"奇哉!经[1]尺之石,岂可以手握袂藏者耶?"邢知其神,强曳之归,长跽请之。叟乃曰:"石果君家者耶、仆家者耶?"答曰:"诚属君家,但求割爱耳。"叟

---

1 "经"应为"径"。——编者注

曰："既然，石固在是。"入室，则石已在故处。叟曰："天下之宝，当与爱惜之人。此石，能自择主，仆亦喜之。然彼急于自见，其出也早，则魔劫未除。实将携去，待三年后，始以奉赠。既欲留之，当减三年寿数，乃可与君相终始。君愿之乎？"曰："愿。"叟乃以两指捏一窍，窍软如泥，随手而闭。闭三窍，已，曰："石上窍数，即君寿也。"作别欲去。邢苦留之，辞甚坚；问其姓字，亦不言，遂去。积年余，邢以故他出，夜有贼入室，诸无所失，惟窃石而去。邢归，悼丧欲死。访察购求，全无踪迹。积有数年，偶入报国寺，见卖石者，则故物也，将便认取。卖者不服，因负石至官。官问："何所质验？"卖石者能言窍数。邢问其他，则茫然矣。邢乃言窍中五字及三指痕，理遂得伸。官欲杖责卖石者，卖石者自言以二十金买诸市，遂释之。邢得石归，裹以锦，藏椟中，时出一赏，先焚异香而后出之。有尚书某，购以百金。邢曰："虽万金不易也。"尚书怒，阴以他事中伤之。邢被收，典质田产。尚书托他人风示其子。子告邢，邢愿以死殉石。妻窃与子谋，献石尚书家。邢出狱始知，骂妻殴子，屡欲自经，家人觉救，得不死。夜梦一丈夫来，自言："石清虚。"戒邢勿戚："特与君年余别耳。明年八月二十日，昧爽时，可诣海岱门，以两贯相赎。"邢得梦，喜，谨志其日。其石在尚书家，更无出云之异，久亦不甚贵重之。明年，尚书以罪削职,寻死。邢如期至海岱门,则其家人窃石出售,因以两贯市归。后邢至八十九岁,自治葬具;又嘱子,必以石殉。及卒,子遵遗教,瘗石墓中。半年许,贼发墓,劫石去。子知之,莫可追诘。越二三日,同仆在道,忽见两人奔踬汗流,望空投拜,曰:"邢先生,勿相逼!我二人将石去,不过卖四两银耳。"遂絷送到官,一讯即伏。问石,则鬻宫氏。取石至,官爱玩,欲得之,命寄诸库。吏举石,石忽堕地,碎为数十余片。皆失色。官乃重械两盗论死。邢子拾碎石出,仍瘗墓中。

异史氏曰:"物之尤者祸之府。至欲以身殉石,亦痴甚矣!而卒之石与人相终始,谁谓石无情哉?古语云:'士为知己者死。'非过也!石犹如此,何况于人!"

陆　判

陵阳朱尔旦,字小明。性豪放。然素钝,学虽笃,尚未知名。一日,文社众饮。或戏之云:"君有豪名,能深夜负十王殿左廊下判官来,众当醵作筵。"盖陵阳有十王殿,神鬼皆木雕,妆饰如生。东庑有立判,绿面赤须,貌尤狰恶。或夜闻两廊下拷讯声。入者,毛皆森竖。故众以此难朱。朱笑起,径去。居无何,门外大呼曰:"我请髯宗师至矣!"众起。俄负判入,置几上,奉觞酹之三。众睹之,瑟缩不安于坐。仍请负去。朱又把酒灌地,祝曰:"门生狂率不文,大宗师谅不为怪。荒舍匪遥,合乘兴来觅饮,幸勿为畛畦。"乃负之去。次日,众果招饮。抵暮,半醉而归,兴未阑,挑灯独酌。忽有人搴帘入,视之,则判官也。起曰:"噫,吾殆将死矣!前夕冒渎,今来加斧锧耶?"判启浓髯微笑曰:"非也。昨蒙高义相订,夜偶暇,敬践达人之约。"朱大悦,牵衣促坐,自起涤器爇火。判曰:"天道温和,可以冷饮。"朱如命,置瓶案上,奔告家人治肴果。妻闻大骇,戒勿出。朱不听,立俟治具以出。易盏交酬,始询姓氏。曰:"我陆姓,无名字。"与谈典故,应答如响。问:"知制艺否?"曰:"妍媸亦颇辨之。阴司诵读,与阳世亦略同。"陆豪饮,一举十觥。朱因竟日饮,遂不觉玉山倾颓,伏几醺睡。比醒,则残烛昏黄,鬼客已去。自是三两日辄一来,情益洽,时抵足卧。朱献窗稿,陆辄红勒之,都言不佳。一夜,朱醉先寝,陆犹自酌。忽醉梦中,脏腹微痛;醒而视之,则陆危坐床前,破腔出肠胃,条条整理。愕曰:"夙无仇怨,何以见杀?"陆笑云:"勿惧!我与君易慧心耳。"从容纳肠已,复合之,末以裹足布束朱腰。作用毕,视榻上亦无血迹。腹间觉少麻木。见陆置肉块几上,问之。曰:"此君心也。作文不快,知君之毛窍塞耳。适在冥间,于千万心中,拣得佳者一枚,为君易之,留此以补缺数。"乃起,掩扉去。天明解视,则创缝已合,有线而赤者存焉。自是文思大进,过眼不忘。数日,又出文示陆。陆曰:"可矣。但君福薄,不能大显贵,乡、科而已。"问:"何时?"曰:"今岁必魁。"未几,科试冠军,秋闱果中魁元。同社中诸生素揶揄之;及见闱墨,相视而惊,细询始知其异。共求朱先容,愿纳交陆。陆诺之。众大设以待之。更初,陆至,赤髯生动,目炯炯如电。众茫乎无色,齿欲相击;渐引去。朱乃携陆归饮,既醺,朱曰:"湔肠伐胃,受赐已多。尚有一事相烦,不知可否?"陆便请命。朱曰:"山荆,予结发人,下体颇亦不恶,但头面不甚佳。欲烦君刀斧,如何?"陆笑曰:"诺,容徐以图之。"过数日,半夜来叩门。朱急起延入,烛之,见襟裹一物。诘之,曰:"君曩所嘱,向艰物色。适得美人首,敬报君命。"朱拨视,颈血犹湿。陆力促急入,勿惊禽犬。朱虑门户夜扃。陆至,以手推扉,扉自开。引至卧室,见夫人侧身眠。陆以头授朱抱之;自于靴中出白刃如匕首,按夫人项,着刀如切腐状,迎刃而解,首落枕畔。急于生怀,取美人首合项上,详审端正,而后按捺。已而移枕塞肩际,命朱瘗首静所,乃去。朱妻醒,觉颈间微麻,面颊甲错;搓之,得血片。甚骇,呼婢汲盥。婢见面血狼藉,惊绝。濯之,盆水尽赤。举首则面目全非，又骇极。夫人引镜自照，错愕不能自解。朱入告之。因反覆细视，则长眉掩鬓，笑靥承颧，画中人也。解领验之，有红线一周，上下肉色，判然而异。先是，吴侍御有女甚美，未嫁而丧二夫，故十九犹未醮也。上元游十王殿时，游人甚杂，内有无赖贼窥而艳之，遂阴访居里，乘夜梯入；穴寝门，杀一婢于床下，逼女与淫。女力拒声喊。贼怒而杀之。吴夫人微闻闹声，叫婢往视，见尸骇绝。举家尽起，停尸堂上，置首项侧，一门啼号，纷腾终夜。诘旦启衾，则身在而失其首。遍挞侍女，谓所守不坚，致葬犬腹。侍御告郡。郡严限捕贼，三月而罪人弗得。渐有以朱家换头之异闻吴公者。吴疑之，遣媪探诸其家；入见夫人，骇走以告吴公。公视女尸故存，惊疑无以自决。猜朱以左道杀女，往诘朱。朱曰："室人梦易其首，实不解其何故。谓仆杀之，则冤也。"吴不信，讼之。收家人鞫之，一如主言。郡守不能决。朱归，求计于陆。陆曰："不难，当使伊女自言之。"吴夜梦女曰："儿为苏溪杨大年所杀，无与朱孝廉。彼不艳其妻，陆判官取儿头与之易之，是儿身死而头生也。愿勿相仇。"醒告夫人，所梦同。乃言于官。问之，果有杨大年；执而械之，遂伏其罪。吴乃诣朱，请见夫人，由此为翁婿。乃以朱妻首合女尸而葬焉。朱三入礼闱，皆以场规被放。于是灰心仕进。积三十年，一夕，陆告曰："君寿不永矣。"问其期，对以五日。"能相救否？"曰："惟天所命，人何能私？且自达人观之，生死一耳，何必生之为乐，死之为悲？"朱以为然。即制衣衾棺椁，既竟，盛服而殁。翌日，夫人方扶柩哭，朱忽冉冉自外至。夫人惧。朱曰："我诚鬼，不异生时。虑尔寡母孤儿，殊恋恋耳。"夫人大恸，涕垂膺。朱依依慰解之。夫人曰："古有还魂之说，君既有灵，何不再生？"朱曰："天数不可违也。"问："在阴司作何务？"曰："陆判荐我督案务，受有官爵，亦无所苦。"夫人欲再语，朱曰："陆判与我同来，可设酒馔。"趋而出。夫人依言营备。但闻室中笑语，亮气高声，宛若生前。半夜窥之，窅然已逝。自是三数日辄一来，时而留宿缱绻，家中事就便经纪。子玮方五岁，来辄提抱；至七八岁，则灯下教读。子亦慧，九岁能文，十五入邑庠，竟不知无父也。从此来渐疏，日月至焉而已。又一夕来，谓夫人曰："今与卿永诀矣。"问："何往？"曰："承帝命为太华卿，行将远赴，事烦途隔，故不能来。"母子持之哭，曰："勿尔！儿已成立，家计尚可存活，岂有百岁不拆之鸾凤耶！"顾子曰："好为人，勿堕父业。十年后一相见耳。"径出门去，于是遂绝。后玮二十五举进士，官行人。奉命祭西岳，道经华阴，忽有舆从羽葆，驰冲卤簿。讶之。审视车中人，其父也。下车哭伏道左。父停舆曰："官声好，我瞑目矣。"玮伏不起。朱促舆行，火驰不顾。去数步，回望，解佩刀遣人持赠。遥语曰："佩之则贵。"玮欲追从，见舆马人从，飘忽若风，瞬息不见。痛恨良久。抽刀视之，制极精工，镌字一行，曰："胆欲大而心欲小，智欲圆而行欲方。"玮后官至司马。生五子，曰沉，曰潜，曰汹，曰浑，曰深。一夕，梦父曰："佩刀宜赠浑也。"从之。浑仕为总宪，有政声。

异史氏曰："断鹤续凫，矫作者妄；移花接木，创始者奇；而况加凿削于心肝，施刀锥于颈项者哉？陆公者，可谓媸皮裹妍骨矣。明季至今，为岁不远，陵阳陆公犹存乎？尚有灵焉否也？为之执鞭，所忻慕焉。"

双　灯

魏运旺，益都盆泉人，故世族大家也。后式微，不能供读。年二十余，废学，就岳业酤。一夕，独卧酒楼上，忽闻楼下踏蹴声，惊起悚听。声渐近，循梯而上，步步繁响。无何，双婢挑灯，已至榻下。后一年少书生，导一女郎，近榻微笑。魏大愕怪。转知为狐，发毛森竖，俯首不敢睨。书生笑曰："君勿见猜。舍妹与有前因，便合奉事。"魏视书生，锦貂炫目，自惭形秽，不知所对。书生率婢，遗灯竟去。魏细视女郎,楚楚若仙,心甚悦之。然惭怍不能作游语。女顾笑曰:"君非抱本头者,何作措大气?"遽近枕席,暖手于怀。魏始为之破颜,挦裤相嘲,遂与狎昵。晓钟未发,双鬟即来引去。复订夜约。至晚,女果至,笑曰:"痴郎何福,不费一钱,得如此佳妇,夜夜自投到也。"魏喜无人,置酒与饮,赌藏枚。女子十有九赢。乃笑曰:"不如妾握枚子,君自猜之,中则胜,否则负。若使妾猜,君当无赢时。"遂如其言,通夕为乐。既而将寝,曰:"昨宵衾褥涩冷,令人不可耐。"遂唤婢襆被来,展布榻间,绮縠香奭。顷之,缓带交偎,口脂浓射,真不数汉家温柔乡也。自此,遂以为常。后半年,魏归家。适月夜与妻话窗间,忽见女郎华妆坐墙头,以手相招。魏近就之。女援之,逾垣而出,把手而告曰:"今与君别矣。请送我数武,以表半载绸缪之爱。"魏惊叩其故,女曰:"姻缘自有定数,何待说也。"语次,至村外,前婢挑双灯以待,竟赴南山,登高处,乃辞魏言别。留之不得,遂去。魏伫立彷徨,遥见双灯明灭,渐远不可睹,怏怏而反。是夜山头灯火,村人悉望见之。

画　壁

　　江西孟龙潭，与朱孝廉客都中。偶涉一兰若，殿宇禅舍，俱不甚弘敞，惟一老僧挂褡其中。见客入，肃衣出迓，导与随喜。殿中塑志公像。两壁画绘精妙，人物如生。东壁画散花天女，内一垂髫者，拈花微笑，樱唇欲动，眼波将流。朱注目久，不觉神摇意夺，恍然凝思。身忽飘飘，如驾云雾，已到壁上。见殿阁重重，非复人世。一老僧说法座上，偏袒绕视者甚众。朱亦杂立其中。少间，似有人暗牵其裾。回顾，则垂髫儿，冁然竟去。履即从之。过曲栏，入一小舍，朱次且不敢前。女回首，摇手中花，遥遥作招状，乃趋之。舍内寂无人；遽拥之，亦不甚拒，遂与狎好。既而闭户去，嘱勿咳，夜乃复至，如此二日。女伴觉之，共搜得生，戏谓女曰："腹内小郎已许大，尚发蓬蓬学处子耶？"共捧簪珥，促令上鬟。女含羞不语。一女曰："妹妹姊姊，吾等勿久住，恐人不欢。"群笑而去。生视女，髻云高簇，鬟凤低垂，比垂髫时尤艳绝也。四顾无人，渐入猥亵，兰麝熏心，乐方未艾。忽闻吉莫靴铿铿甚厉，缧锁锵然；旋有纷嚣腾辨之声。女惊起，与朱窃窥，则见一金甲使者，黑面如漆，绾锁拿槌，众女环绕之。使者曰："全未？"答言："已全。"使者曰："如有藏匿下界人，即共出首，勿贻伊戚。"又同声言："无。"使者反身鹗顾，似将搜匿。女大惧，面如死灰，张皇谓朱曰："可急匿榻下。"乃启壁上小扉，猝遁去。朱伏，不敢少息。俄闻靴声至房内，复出。未几，烦喧渐远，心稍安；然户外辄有往来语论者。朱局蹐既久，觉耳际蝉鸣，目中火出，景状殆不可忍，惟静听以待女归，竟不复忆身之何自来也。时孟龙潭在殿中，转瞬不见朱，疑以问僧。僧笑曰："往听说法去矣。"问："何处？"曰："不远。"少时，以指弹壁而呼曰："朱檀越何久游不归？"旋见壁间画有朱像，倾耳伫立，若有听察。僧又呼曰："游侣久待矣。"遂飘忽自壁而下，灰心木立，目瞪足耎。孟大骇，从容问之，盖方伏榻下，闻扣声如雷，故出房窥听也。共视拈花人，螺髻翘然，不复垂髫矣。朱惊拜老僧，而问其故。僧笑曰："幻由人生，贫道何能解。"朱气结而不扬，孟心骇叹而无主。即起，历阶而出。

佟　客

董生，徐州人。好击剑，每慷慨自负。偶于途中遇一客，跨蹇同行。与之语，谈吐豪迈。诘其姓字，云："辽阳佟姓。"问："何往？"曰："余出门二十年，适自海外归耳。"

董曰:"君遨游四海,阅人綦多,曾见异人否?"佟问:"异人何等?"董乃自述所好,恨不得异人之传。佟曰:"异人何地无之,要必忠臣孝子,始得传其术也。"董又毅然自许;即出佩剑,弹之而歌;又斩路侧小树,以矜其利。佟掀髯微笑,因便借观。董授之。展玩一过,曰:"此甲铁所铸,为汗臭所蒸,最为下品。仆虽未闻剑术,然有一剑,颇可用。"遂于衣底出短刃尺许,以削董剑,脆如瓜瓠,应手斜断,如马蹄。董骇极,亦请过手,再三拂拭而后返之。邀佟至家,坚留信宿。叩以剑法,谢不知。董按膝雄谈,惟敬听而已。更既深,忽闻隔院纷拏。隔院为生父居,心惊疑。近壁凝听,但闻人作怒声曰:"教汝子速出即刑,便赦汝!"少顷,似加榜掠,呻吟不绝者,真其父也。生捉戈欲往。佟止之曰:"此去恐无生理,宜审万全。"生皇然请教,佟曰:"盗坐名相索,必将甘心焉。君无他骨肉,宜嘱后事于妻子;我启户,为君警厮仆。"生诺,入告其妻。妻牵衣泣。生壮念顿消,遂共登楼上,寻弓觅矢,以备盗攻。仓皇未已,闻佟在楼檐上笑曰:"贼幸去矣。"烛之,已杳。逡巡出,则见翁赴邻饮,笼烛方归;惟庭前多编菅遗灰焉。乃知佟异人也。

异史氏曰:"忠孝,人之血性;古来臣子而不能死君父者,其初岂遂无提戈壮往时哉,要皆一转念误之耳。昔解缙与方孝孺相约以死,而卒食其言;安知矢约归后,不听床头人鸣泣哉?"

邑有快役某,每数日不归,妻遂与里中无赖通。一日归,值少年自房中出,大疑,苦诘妻。妻不服。既于床头得少年遗物,妻窘无词,惟长跪哀乞。某怒甚,掷以绳,逼令自缢。妻请妆服而死,许之。妻乃入室理妆;某自酌以待之,呵叱频催。俄妻炫服出,含涕拜曰:"君果忍令奴死耶?"某盛气咄之。妻返走入房,方将结带,某掷盏呼曰:"咍,返矣!一顶绿头巾,或不能压人死耳。"遂为夫妇如初。此亦大绅者类也,一笑。

凤阳士人

凤阳一士人,负笈远游。谓其妻曰:"半年当归。"十余月,竟无耗问。妻翘盼綦切。一夜,才就枕,纱月摇影,离思萦怀。方反侧间,有一丽人,珠鬟绛帔,搴帷而入,笑问:"姊姊,得无欲见郎君乎?"妻急起应之。丽人邀与共往。妻惮修阻,丽人但请无虑。即挽女手出,并踏月色,约行一矢之远。觉丽人行迅速,女步履艰涩,呼丽人少待,将归着复履。丽人牵坐路侧,自乃捉足,脱履相假。女喜着之,幸不凿枘。复起从行,健步如飞。移时,见士人跨白骡来。见妻大惊,急下骑,问:"何往?"女曰:"将以探君。"又顾问丽人伊谁。女未及答,丽人掩口笑曰:"且勿问讯。娘子奔波非易;郎君星驰夜半,人畜想当俱殆。妾家不远,且请息驾,早旦而行,不晚也。"顾数武之外,即有村落。遂同行,入一庭院,丽人促睡婢起供客,曰:"今夜月色皎然,不必命烛,小台石榻可坐。"士人縶骞檐梧,乃即坐。丽人曰:"履大不适于体,途中颇累赘否?归有代步,乞赐还也。"女称谢付之。俄顷,设酒果,丽人酌曰:"鸾凤久乖,圆在今夕;浊醪一觥,敬以为贺。"士人亦执盏酬报。主客笑言,履舄交错。士人注视丽者,屡以游词相挑。夫妻乍聚,并不寒暄一语。丽人亦眉目流情,而妖言隐谜。女惟默坐,伪为愚者。久之渐醺,二人语益狎。又以巨觥劝客,士人以醉辞,劝之益苦。士人笑曰:"卿为我度一曲,即当饮。"丽人不拒,即以牙杖抚提琴而歌曰:"黄昏卸得残妆罢,窗外西风冷透纱。听蕉声,一阵一阵细雨下。何处与人闲磕牙?望穿秋水,不见还家,潸潸泪似麻。又是想他,又是恨他,手拿着红绣鞋儿占鬼卦。"歌竟,笑曰:"此市井之谣,有污君听。然因流俗所尚,姑效颦耳。"音声靡靡,风度狎亵。士人摇惑,若不自禁。少间,丽人伪醉离席;士人亦起,从之而去。久之不至。婢子乏疲,伏睡厢下。女独坐无侣,颇难自堪。思欲遁归,而夜色微茫,不忆道路。辗转无以自主,因起而觇之。甫近窗,则断云零雨之声,隐约可闻。又听之,闻良人与己素常猥亵之状,尽情倾吐。女至此,手颤心摇,殆不可遏,念不如出门窜沟壑以死。愤然方行,忽见弟三郎乘马而至,遽便下问。女具以告。三郎大怒,立与姊回,直入其家,则室门扃闭,枕上之语犹喁喁也。三郎举巨石抛击,窗棂三五碎断。内大呼曰:"郎君脑破矣!奈何!"女闻之,大哭,谓弟曰:"我不谋杀郎君,今且若何?"三郎撑目曰:"汝呜呜促我来;甫能消此胸中恶,又护男儿、怨弟兄,我不惯与婢子供指使!"返身欲去。女顿惊寤,始知其梦。越日,士人果归,乘白骡。女异之而未言。士人是夜亦梦,所见所遭,述之悉符,互相骇怪。既而三郎闻姊夫自远归,亦来省问。语次,问士人曰:"昨宵梦君,今果然,亦大异。"士人笑曰:"幸不为巨石所毙。"三郎愕然问故,士以梦告。三郎大异之。盖是夜,三郎亦梦遇姊泣诉,愤激投石也。三梦相符,但不知丽人何许耳。

郭 安

孙五粒,有僮仆独宿一室,恍惚被人摄去。至一宫殿,见阎罗在上,视之曰:"误矣,此非是。"因遣送还。既归,大惧，移宿他所；遂有僚仆郭安者，见榻空闲，因就寝焉。又一仆李禄，与僮有夙怨，久将甘心，是夜操刀入，扪之，以为僮也，竟杀之。郭父鸣于官。时陈其善为邑宰，殊不苦之。郭哀号，言："半生止此子，今将何以聊生！"陈即以李禄为之子。郭含冤而退。此不奇于僮之见鬼，而奇于陈之折狱也。

王阮亭曰："新城令陈端庵凝，性仁柔无断。王生与哲典居宅于人，久不给直，讼之官。陈不能决，但曰：'诗云："维鹊有巢，维鸠居之。"生为鹊可也。'"

济之西邑有杀人者，其妇讼之。令怒，立拘凶犯至，拍案骂曰："人家好好夫妇，直令寡耶！即以汝配之，亦令汝妻寡守。"遂判合之。此等明决，皆是甲榜所为，他途不能也。而陈亦尔尔，何途无才！

牛　飞

邑人某，购一牛，颇健。夜梦牛生两翼飞去，以为不祥，疑有丧失。牵入市损价售之。以巾裹金，缠臂上。归至半途，见有鹰食残兔，近之甚驯。遂以巾头絷股，臂之。鹰屡摆扑，把捉稍懈，带巾腾去。此虽定数，然不疑梦，不贪拾遗，则走者何遽能飞哉？

赵 城 虎

赵城妪，年七十余，止一子。一日入山，为虎所噬。妪悲痛，几不欲活，号啼而诉之宰。宰笑曰："虎何可以官法制之乎？"妪愈号咷，不能制之。宰叱之，亦不畏惧。又怜其老，不忍加以威怒，遂绐之，诺捉虎。妪伏不去，必待勾牒出，乃肯行。宰无奈之，即问诸役，谁能往之。一隶名李能，醺醉，诣座下，自言："能之。"持牒下，妪始去。隶醒而悔之；犹谓宰之伪局，姑以解妪扰耳，因亦不甚为意。持牒报缴，宰怒曰："固言能之，何容复悔？"隶窘甚，请牒拘猎户。宰从之。隶集猎人，日夜伏山谷，冀得一虎庶可塞责。月余，受杖数百，冤苦罔控。遂诣东郭岳庙，跪而祝之，哭失声。无何，一虎自外来。隶错愕，恐被咥噬。虎入，殊不他顾，蹲立门中。隶祝曰："如杀某子者尔也，其俯听吾缚。"遂出缧索縶虎项，虎帖耳受缚。牵达县署，宰问虎曰："某子尔噬之耶？"虎颔之。宰曰："杀人者死，古之定律。且妪止一子，而尔杀之，彼残年垂尽，何以生活？倘尔能为若子也，我将赦之。"虎又颔之。乃释缚令去。妪方怨宰之不杀虎以偿子也，迟旦，启扉，则有死鹿；妪货其肉革，用以资度。自是以为常，时衔金帛掷庭中。妪从此致丰裕，奉养过于其子。心窃德虎。虎来，时卧檐下，竟日不去。人畜相安，各无猜忌。数年，妪死，虎来吼于堂中。妪素所积，绰可营葬，族人共瘗之。坟垒方成，虎骤奔来，宾客尽逃。虎直赴冢前，嗥鸣雷动，移时始去。土人立"义虎祠"于东郭，至今犹存。

向 杲

向杲，字初旦，太原人。与庶兄晟，友于最敦。晟狎一妓，名波斯，有割臂之盟；以其母取直奢，所约不遂。适其母欲从良，愿先遣波斯。有庄公子者，素善波斯，请赎为妾。波斯谓母曰："既愿同离水火，是欲出地狱而登天堂也。若妾媵之，相去几何矣！肯从奴志，向生其可。"母诺之，以意达晟。时晟丧偶未婚，喜，竭资聘波斯以归。庄闻，怒夺所好，途中偶逢，大加诟骂。晟不服，遂嗾从人折箠笞之，垂毙乃去。杲闻奔视，则兄已死，不胜哀愤。具造赴郡。庄广行贿赂，使其理不得伸。杲隐忿中结，莫可控诉，惟思要路刺杀庄。日怀利刃，伏于山径之莽。久之，机渐泄。庄知其谋，出则戒备甚严；闻汾州有焦桐者，勇而善射，以多金聘为卫。呆无计可施，然犹日伺之。一日，方伏，雨暴作，上下沾濡，寒战颇苦。既而烈风四塞，冰雹继至，身忽然痛痒不能复觉。岭上旧有山神祠，强起奔赴。既入庙，则所识道士在内焉。先是，道士尝行乞村中，呆辄饭之，道士以故识呆。见呆衣服濡湿，乃以布袍授之，曰："姑易此。"呆易衣，忍冻蹲若犬，自视，则毛革顿生，身化为虎。道士已失所在。心中惊恨。转念：得仇人而食其肉，计亦良得。下山伏旧处，见己尸卧丛莽中，始悟前身已死；犹恐葬于乌鸢，时时逻守之。越日，庄始经此，虎暴出，于马上扑庄落，龁其首，咽之。焦桐返马而射，中虎腹，蹶然遂毙。呆在错楚中，恍若梦醒；又经宵，始能行步，厌厌以归。家人以其连夕不返，方共骇疑，见之，喜相慰问。呆但卧，蹇涩不能语。少间，闻庄信，争即床头庆告之。呆乃自言："虎即我也。"遂述其异。由此传播。庄子痛父之死甚惨，闻而恶之，因讼呆。官以其诞而无据，置不理焉。

异史氏曰："壮士志酬，必不生返，此千古所悼恨也。借人之杀以为生，仙人之术亦神哉！然天下事足发指者多矣。使怨者常为人，恨不令暂作虎！"

《夜雨秋灯录》原文

樟 柳 神

张大眼者，催租隶也。一日五更起，贸贸入城，完秋赋。时正酷暑，晨风清凉，行至秋稼湾，日渐上，热甚。路旁有人家，茅舍闭门，主犹酣寝。门外搭豆花棚，蔓延接髡柳，下有两石凳，颇洁净，露水犹湿，遂拭以布巾，就坐小憩，钻火吸烟。

忽闻棚上有歌者，声啾啾如秋后知了吟。倾听之，歌曰："郎在东来妾在西，少小两个不相离。自从接了媒红订，朝朝相遇把头低。低头莫碰豆花架，一碰露水湿郎衣。"大眼闻之，骇诧欲绝。周回细讯，则一小木雕婴孩，粉面朱

---

*据《夜雨秋灯录》，岳麓书社一九八五年版。

唇，目清眉秀，长二寸许，趯趯跃豆花上，笑容犹可掬也。然却为一缕头发系颈，扣棚隙苇叶上，不能逸。大眼心知其为樟柳神，必茅屋中有术人止宿，夕系如此吃露水耳。

素审其灵妙，能报未来事，即断发擎腕中，戴笠西行。将见城垣，腕中跃跃若不安，急珍藏于笠内，果安。旋小语曰："张大眼，好大胆，来捉咱，一千铜钱三十板。"言之不辍。大眼心计，完纳不亏，何至于笞责，听言如不闻。

甫进城，邑宰王公，适呵导出行香，见大眼心急足忙，疑为匪，呼从者执之伏地。问伊谁？大眼语钝滞，喘息流汗，不能达。宰怒曰："非良善也，盍笞三十。"大眼伏街上大笑。宰问："笞必痛，何反轩渠耶？"曰："小人预知有三十板之厄，今果然，始笑耳。"宰婉讯之，大眼具述。已为租隶，路得樟柳神，预告受杖等语。宰命以神献，大眼即于笠中取出呈上。宰舆中详审，知有灵，立命赏给青蚨一缗，以慰其冤责。

宰由是听狱，必以神置帽中，坐堂皇，为两造预言曲直，如目睹。人争诵神明，比诸虚堂悬镜，无微不烛，而不知公帽中有樟柳神也。公卒后，为乡里城隍，甚灵。

懊侬氏曰：近有人亲往姑苏，从巫蛊家买一樟柳神而回，意可以未卜先知矣。讵神殊缄默，所报者无非鼠动鸡啼鸦噪等事，且夜伏枕畔，哓哓烦琐，搅梦不酣。及问以他事，稍有关系者，皆对以不知。私问何故，曰："惧祸耳!"噫! 鬼且惧祸，人可知矣!

一条若隐若现的支流

"改写"是汪曾祺文字生涯中一个重要的关键词。

二十世纪五十年代,汪曾祺先后在《北京文艺》、《说说唱唱》、《民间文学》杂志做编辑,来稿参差不齐,有时要亲自动手,帮搜集整理者改写民间故事,工作已经溢出编辑的职业范畴,某些篇目便也共同署名;六十年代转行到京剧团做编剧,改编戏曲剧本是职分;八十年代恢复写作以后,除了新的创作,重写或改订旧作,也是一个不容忽视的部分。

汪曾祺改写《聊斋志异》的系列小说《〈聊斋〉新义》,最初四篇发表于《人民文学》一九八八年第三期,后三篇是一九八七年他在美国参加爱荷华国际写作计划期间完成的。在那段时间的家信里,他多次提起这些稿子,还说"我觉得改写《聊斋》是一件很有意义的工作,这给中国当代创作开辟了一个天地"。至于其动因，他在后来的文字中略做过交代，如《人民文学》所刊《〈聊斋〉新义》的后记中说："我想做一点试验，改写《聊斋》故事，使它具有现代意识，这是尝试的第一批。""我这只是试验，但不是闲得无聊的消遣。本来想写一二十篇以后再拿出来，《人民文学》索稿，即以付之，为的是听听反应。"不过，直到一九九一年十月写就《虎二题》，也仅完成十余篇。《上海文学》一九九二年第一期发表的《汪曾祺新笔记小说三篇》，《樟柳神》取材于《夜雨秋灯录》；《明白官》、《牛飞》两篇，只标了"出《聊斋志异》"、"据《聊斋志异》"，没有另加"《聊斋》新义"的副题。改写《聊斋》的计划难以持续，选材不易大约是一个重要原因，他在一九八七年十一月写给夫人施松卿的信中即说："我带来的是一选本，只选了著名的几篇，而这些'名篇'（如《小翠》、《婴宁》、《娇娜》、《青凤》）是无法改写的，即放不进我的思想。我想从一些不为人注意的篇章改写。"

稍早一点完成的《拟故事两篇》，同样是"语言试验"、"文体试验"，一九八七年八月，汪曾祺接受施叔青采访时明确说过："比如说佛经的文体，它并不故作深奥，相反的，为了使听经的人能听懂，它形成独特的文体，主要以四个字当主体，我尝试用通俗佛经文体写了一篇小说《螺蛳姑娘》，其实各种文体都可以试试。"

一条若隐若现的支流

由此上溯至五十年代参与整理的《鲁班故事三篇》、《牛郎织女》，虽然作者发挥的空间极小，但也渗入了其独特的文学气息；下延到九十年代"被逼迫"写作的《释迦牟尼》，仍是"试验"的余绪，对译经体的运用更加自然纯熟。

《〈聊斋〉新义》是集束式的"试验"成果，并非汪曾祺作品中的主流，也不如他预想的那么"成功"，却有其特殊的意义和价值。甚至，这样的支流在某种程度上援助了主流。本书以《〈聊斋〉新义》为主体，集合了作者各个时期的"改写"文章；书后并附《聊斋志异》和《夜雨秋灯录》相关原文，以便读者对照阅读。

李建新

二〇一九年十二月五日

图书在版编目（CIP）数据

拟故事集 / 汪曾祺著. —杭州：浙江文艺出版社，2020.5（2021.1 重印）
ISBN 978-7-5339-6017-9

Ⅰ.①拟… Ⅱ.①汪… Ⅲ.①短篇小说－小说集－中国－当代 Ⅳ.① I247.7

中国版本图书馆 CIP 数据核字（2020）第 012397 号

拟故事集　　汪曾祺　著

出版策划	星汉文章　读蜜传媒				
出版统筹	金马洛	选题策划	李建新	责任编辑	张小苹
装帧设计	生生书房	排版制作	胡亚超	责任印制	张丽敏

出版发行	浙江文艺出版社
网　　址	www.zjwycbs.cn
联系电话	0571-85152727（发行部）
经　　销	浙江省新华书店集团有限公司
印　　刷	浙江新华数码印务有限公司
开　　本	787 毫米 ×1092 毫米　1/32　　字　　数　149 千字
印　　张	8.5　　　　　　　　　　　　　插　　页　4
版　　次	2020 年 5 月第 1 版
印　　次	2021 年 1 月第 2 次印刷
书　　号	ISBN 978-7-5339-6017-9
定　　价	29.00 元

版权所有　违者必究

（如有印装质量问题，请寄承印单位调换）